아카츠키 유키 지음
헨리더 일러스트
손종근 옮김

오늘부터 나는 로리네 밥벌레!

2

니조 토우카
TOUKA
NIJOU

탄자와 치즈루
CHIZURU
TANZAWA

로리 캬바쿠라

제1회 최강의 로리 캬바쿠라
아가씨 결정전!

CONTENTS
목차

UKI AKATSUKI PRESENTS

로리콘이 아냐!

오늘부터 나는 로리네 밥벌레!
2

아카츠키 유키 지음 | **헨리더** 일러스트 | **손종근** 옮김

S NOVEL

커버 그림, 본문 일러스트 | **헨리더**

로리네 밥벌레!

로리의 보살핌을 받는, 인류 역사상 보기 드문 쓰레기를 가리키는 말.

만화나 게임을 시작으로 좋아하는 것에 마음에 드는 만큼 돈을 쓸 수 있다.

그 대신에 엔터테인먼트를 제공하여, 로리와는 윈윈 관계를 구축한다.

로리의 미소가 무엇보다도 중요. 매일이 로리 요일. 엄청 즐겁다.

다만 너무 지나치게 까불다가는 전속 거유 메이드한테 혼이 날 테니 주의가 필요.

"오늘부터 나는——." "——는 최고야!"

로리 안는 베개(합법)

아—.

저 구름, 가슴 같구나—.

푸른 하늘을 멍하니 바라보며, 최종 학력 중졸인 텐도 하루는 진지하게 그리 생각했다.

아니 뭐, 내 이야기지만.

6월 중순.

장마철치고는 드물게 선선한 바람이 부는 맑은 어느 날. 옥상 테라스에서.

덱 체어에서 낮잠을 자던 내가 눈을 뜨자, 품속에 교복 차림의 천사가 있었다.

그렇게 말하니 아직 꿈속에 있는 것 같지만……

틀림없는 현실이었다.

윤기가 나는 검고 긴 머리카락이 잘 어울리는 청초하고 가련한 여자아이가 드러누운 내 위에 올라타서는, 내 심장 소리에 귀를 기울이는 듯한 자세로 찰싹 붙어 있었다.

그녀의 이름은 니조 토우카.

초등학교 5학년으로, 억 단위의 돈을 태연하게 움직이는 슈퍼 아가씨였다.

그런 여자초등학생을, 나는 꼭 끌어안고 있었다.

그렇게 말하니 철창 안으로 들어가야만 할 것 같기도 한데…….

괜찮다. 이건 사건이 아니다. 경찰한테 신고할 필요는 없다.

왜냐면 그녀는 내 만화의 엄청난 팬이고.

나, 텐도 하루는 그녀의 집에 사는 밥벌레니까.

즉, 이 정도 스킨십은 일상다반사였다.

……그게 정말로 괜찮은지 묻는다면 썩 자신은 없지만.

어쨌든 피해자는 없으니 안심하시길.

어쩌면 내가 잠버릇으로 저질러버렸을 가능성도 없지는 않겠지만, 토우카도 나를 끌어안고 있으니까 그렇게 걱정할 필요는 아마도 없다(고 생각하고 싶다).

"……아, 선생님. 안녕히 주무셨어요…….."

내가 일어난 걸 깨달았나.

가슴 위에 자그마한 턱을 얹고, 토우카가 나를 바라봤다.

이 자세가 부끄러웠는지 얼굴은 새빨갛게 물들어 있었다.

토우카의 뜨거운 숨결이 가슴에 닿았다. 그 감촉을 살짝 간지럽다고 생각하며,

"어, 응. 안녕."

일단 인사를 했다. 이어서 질문.

"그래서, 왜 우리는 서로 안고 있지?"

"으음, 그건 말이죠……. 조금 전에 학교에서 돌아왔더니 선생님께서 여기서 쉬고 계셔서, 깨우면 안 될 것 같아서 조

용히 주무시는 모습을 보고 있었어요."

"보고 있었다……."

"예, 귀여웠어요."

멋쩍음에 쓴웃음을 흘리자 토우카가 싱긋 미소 지었다.

아니, 귀여운 건 어찌 봐도 네 쪽이니까 말이지?

전 세계, 어디의 누구한테 물어도 그렇게 대답할걸.

"그래서 말이죠, 선생님께서 잠꼬대를 하셨어요."

"뭐라고?"

"『안는 베개가 있었으면』이라고."

"…………."

욕망이 고스란히 느껴지는 잠꼬대구나…….

짚이는 바도 있었다. 테라스로 나오기 전, 인터넷에서 봤던 것이다. 가슴의 약동감으로 정평이 난 일러스트레이터가 새로이 그린, 미려한 안는 베개 커버를.

표면은 건전 사양, 뒷면은 파렴치 사양이었다.

얼마나 파렴치하냐면, 18세 미만은 살 수 없을 정도였다. 유감스럽게도 나는 아직 열일곱 살이었다.

그래서 어쩔 수 없이, 대신 사다달라고 마야 씨한테 문자를 날렸다.

하지만 맥없이 각하 당했다.

내 전속 메이드(거유)이면서도 선도위원처럼 엄격했다.

이전에 아키하바라에서 에로 동인지를 대량으로 사주기는 했지만 그건 『토우카를 지키기 위하여』라는 대의명분이

있었기 때문이고, 그 이후로는 에로 관련으로는 단호하게 거부당할 뿐이었다. 오히려 부탁하는 것만으로 화를 냈다. 그걸 알면서도 부탁하는 것도 좀 어쩌려나 싶지만.

하지만 적어도 성희롱으로 마음을 달래는 정도는 허락해줘⋯⋯.

스스로도 쓰레기 같은 생각을 하는 나를 향해 토우가가 말했다.

"그래서 불초하지만, 제가 선생님의 안는 베개가 되어볼까 했어요."

"해버렸나."

"⋯⋯제가 잘못했나요?"

그야 뭐, 상식적으로 생각하면 잘못이었다.

초등학생이라고는 해도 조금 더 여자로서의 신중함을 가져야 할 것이다.

하지만 불안스레 올려다보는 시선과 마주하니 주의를 줘야겠다는 생각도 사라져버리네.

"아니, 그렇지 않아."

미소를 띠고서 토우카의 머리를 쓰다듬었다.

"역시 토우카구나. 멋진 발상력이야."

"에헤헤, 감사합니다. 선생님의 바람을 이루어드리는 게 제 사명이니까요."

토우카는 기쁜 듯 수줍어하며, 당연하다는 것처럼 그리 말했다.

헌신적인 데에도 정도라는 게 있다.

"그보다 나도 참, 그런 상황에서도 잘도 자고 있었네……."

"그야 저도 신경을 써서, 처음에는 곁잠을 자는 듯한 느낌으로 누웠거든요. 그랬더니 선생님께서 저를 끌어안아주셔서……. 지금에 이르렀어요."

"과연."

즉, 역시나 무의식중에 저질러버렸다는 건가…….

수면 중에 여자초등학생을 끌어안다니, 죄목으로는 어떤 게 있을까?

어쨌든 사회적으로 죽는 건 틀림없었다. 죄목을 추궁당하는 입장이 아니라서 정말로 다행이었다.

"그런데, 어땠나요? 저를 안는 베개로 사용하는 느낌은?"

"으음, 그게 말이지."

감촉을 확인하듯 토우카를 꼬옥 안아봤다.

토우카는 "아우……"라며 부끄러워하는 목소리를 흘리면서도 내게 몸을 맡겼다.

딸기 같은 달콤한 향기. 해님 같은 온기. 기분 좋은 부드러움.

무엇보다도 나를 위해 애쓴다는 갸륵한 토우카의 모습이, 내게 압도적인 행복감을 주었다.

어떤 고급 쿠션일지라도 이건 재현하는 게 불가능할 테지.

베개치고는 조금 무거운 느낌도 있었지만 그것 또한 좋다.

참을 수 없을 정도는 아니었기에 나는 혼자가 아니라는

안도감을 느꼈다.

따라서 종합평가는——.

"조심스럽게 말해서, 최고야."

"정말이세요?"

"응. 토우카가 있으면 다른 안는 베개 따원 필요 없겠어—."

"그것참 다행이네요! 앞으로는 언제든지 저를 사용하셔도 괜찮아요!"

"응, 그렇게 할게."

만면의 미소로 기뻐하는 토우카를 보고 나는 절절하게 힐링되었다.

역시 로리네 밥벌레는 멋지구나.

정말로 천직이야. 직업이라고 불러도 되는지는 모르겠지만.

그러나 애석하게도 이곳은 테라스, 즉 밖이었다. 3층 건물의 옥상이니 그럴 걱정은 없을 거라고 생각하지만, 만에하나라도 이 상태를 누군가가 보았다가는 정말로 신고당할것이다.

"고마워, 토우카. 덕분에 에너지를 충전할 수 있었어"라고 나는 말했다.

"어, 벌써요? 사양하지 마시고 좀 더 이대로 있으셔도 되는데요?"

"괜찮아. 충분히 만끽했으니까."

"……알겠어요."

토우카는 아쉽다는 듯 내려왔다. 귀엽다. 조만간에 또 진짜로 부탁하자.

으—응, 기지개를 켜고는 옥상에서 내 방으로 이동했다.

벽에 걸린 시계로 시선을 향하니 오후 네 시를 지날 무렵이었다.

벌써 이런 시간인가. 잘 잤네 어쩌네, 그런 시간이 아니었네…….

"그런데 선생님. 왜 테라스에 계셨나요?"

나란히 침대에 앉자 토우카가 물었다.

마야 씨가 야한 안는 베개 커버를 안 사주는 통에 삐쳐서, 기분전환으로 외출이라도 할까 했는데 실내복장에서 옷을 갈아입는 게 귀찮아서, 타협안으로 어찌어찌 테라스로 나왔을 뿐……이라고 솔직하게 대답해봐야 재미라고는 없다.

"어쩐지 갑자기 구름이 보고 싶어졌거든."

그런 예술가 같은 소리를 꺼내봤다.

"예? 그건 또 왜죠?"

흥미진진해서는 질문을 던지는 토우카.

"저기 봐, 구름은 여러 형태가 있어서 재밌잖아? 그러니까 관찰하면 평소와는 다른 영감이 샘솟으려나, 싶었거든."

"오오, 자연에서 인풋을 하다니 역시 선생님이세요. 성과는 어땠나요?"

"으음, 솔직히 기대했던 만큼은 아니었을까. 굉장히 가슴 같은 구름이 있어서 말이지, 그걸 쳐다봤더니 어느샌가 잠들어버렸어."

"……즉, 결과적으로는 밖에서 기분 좋게 낮잠을 잤을 뿐이라는 거군요."

"그런 이야기가 되겠네."

"아하하, 선생님다워요. 치즈루가 들으면 화낼 것 같네요."

"……토우카는 화 안 내?"

역시나 스스로도 좀 어떤가 싶어, 조심스럽게 물었다.

"화 안 내요."

토우카는 싱긋 웃으며 부정해주었다.

"정말로? 질질 끌지 말고 빨리 만화를 그리라고는 생각 안 해?"

"안 해요. 물론 그려주신다면 확실히 기쁘겠지만, 제가 먼저 요구하지는 않아요. 선생님께서는 최고의 컨디션으로 그려주셨으면 좋겠고, 제가 읽고 싶은 건 선생님께서 자유롭게 그리신 만화니까요."

이 어찌나 고마운 말인가.

모든 편집자는 토우카 발톱의 때만큼이라도 해줬으면 좋겠구나, 응.

"게다가 선생님은 요전에 무척 열심히 해주셨잖아요. 기운을 보충하기 위해서 마음껏 쉬셨으면 좋겠다고 생각해요."

"아아, 그렇게 말해줘서 다행이야."

상냥한 말투로 위로해주는 토우카를 향해, 나는 쓴웃음을 지으며 고개를 끄덕였다.

"실제로 요전에 오랜만에 만화를 그렸더니 기운이 쭉 빠져버린 측면도 있었거든."

토우카에게 신세를 지기 시작한 뒤로, 나는 계속 만화를 그릴 수 없었다.

밥벌레로서 어떤 만화를 그리면 좋을지 몰랐던 것이다.

하지만 사흘 전, 토우카에게 이끌려서 간 온천여관에서 그 고민은 해결되었다.

하룻밤 만에 단편을 완성하여 토우카를 만족시켰다.

그리고는 커다란 일을 마친 크리에이터처럼 힘이 빠져버렸다는 것이다.

아무리 체력이 있어도 기력이 없으면 불가능한 것이 창작의 성가신 면이었다.

"그렇다면 오히려 적극적으로 느긋이 보내셔야겠네요. 휴식도 일의 연장선이라고도 그러고. 기력이 회복되실 때까지는 인풋에 전념해주셨으면 해요."

"그러네. 고마워. 토우카는 정말로 천사구나."

"후후……. 그렇게 보인다면, 그것도 선생님 덕분이에요."

머리를 쓰다듬어주며 감사를 표하자 토우카는 눈을 반쯤 감으며 미소 지었다.

"천사는 신을 섬기는 존재니까요."

궁극의 사치

"그런데 선생님, 한 가지 제안드릴 게 있어요."

내 마음대로 느긋이 보내도 된다는 보증을 받고 이야기가 일단락된 참에.

토우카가 천천히 다른 이야기를 꺼냈다.

"응? 뭔데?"

"그 만화 말인데요, 제가 받아버렸잖아요."

"응."

그 만화란, 물론 온천여관에서 그린 단편이었다.

그녀들을 모델로 한 아가씨 삼인조가 다양한 의상으로 어려운 미션에 도전하는, 웃음도 눈물도 있는 액션 하트풀 코미디(?).

돌아와서 일단 스캐너로 디지털화하고, 원본 원고는 토우카에게 선물했다. 토우카만을 위해서 그린 것이니 지극히 자연스러운 흐름이었다.

그럼에도 토우카에게는 서프라이즈였던지 무척 감격해 주었다.

모든 페이지를 호화로운 액자에 넣어서는 자기 방에 장식했을 정도였다.

아침에 일어날 때와 밤에 자기 전에 그걸 보는 것이 즐거워서 참을 수 없다나.

정말로 고마운 이야기였다. 내가 가지고 있는 것보다 원고도 행복할 것임에 틀림없었다.

참고로 액자의 가격은 최저로 쳐도 하나에 십만 엔은 된다는 모양이었다.

어찌 생각해도 내용물보다 가치 있는 것 같은데…….

하지만 뭐, 그러기로 한 것은 소유주였다. 토우카가 만족한다면 그걸로 충분하다.

"솔직히 말해서, 그 만화를 저만의 것으로 하고 싶다는 기분도 있어요. 하지만 그만한 걸작을 세상에 소개하지 않는 건 역시 아깝구나 싶었거든요."

토우카는 힘을 주어, 나를 올려다보며 고했다.

"그러니, 편집자 분께 보여드리는 건 어떨까요?"

"……으음, 그건 어떠려나."

높이 평가해주는 건 기쁘지만, 나는 미묘한 리액션을 취하고 말았다.

반복해서 하는 이야기지만, 그건 토우카만을 위해서 그린 원고다. 상업성은 완전히 무시했다. 세상에 소개를 해봐야 기뻐할 사람은 거의 없겠지.

내 담당인 유리 AKA 나카노 유리는 그런 부분을 상당히 신랄하게 판단하기에, 보여준다면 시간낭비라고 화를 낼 것만 같을 정도였다. 나를 대하는 태도는 토우카와 정반대라고 해도 될 것이다.

그렇지만,

"반드시 보여줘야 해요! 그렇게나 재미있는 작품이니까요!"

토우카가 그렇게까지 강하게 권유를 하니 거절할 수도 없었다.

오랜만에 유리랑 만나고 싶기도 하니 혼이 나도 괜찮으려나, 생각을 바꾸기로 했다.

그 자리에서 바로 유리한테 전화를 해서, 단편이 하나 완성되었음을 전했다.

『완성되었다니…… . 어, 콘티가 아니고?』

"예. 생각난 게 좀 있어서, 이번에는 펜션도 넣었어요."

『호오…… . 최근에 연락이 없나 싶더니, 열심히 했구나.』

타이밍도 좋았을 테지. 곧바로 다음날로 미팅을 잡아주었다.

그리하여, 다음날 저녁 무렵.

마야 씨에게 차량을 내어달라고 해서 출판사로 향했다.

따라오고 싶다고 그래서 토우카도 함께였다. 함께 있는 것뿐이라면 방해가 되지는 않겠구나 싶어서 허가했다. 나한테도 열렬한 팬이 있다는 사실을 유리한테 보여주고 싶기도 했고.

참고로 토우카는 교복이고 마야 씨는 바지정장, 나는 폴로셔츠에 청바지 차림이었다. 아무리 그래도 실내복 그대로 미팅을 할 수는 없었다. 안 그래도 혼이 날 것 같은데 차림새까지 우스운 꼴이라면 진심으로 날려버릴 것 같으니까 말이다…….

회사 현관에서 유리와 만나서 회의실로 들어갔다.

살짝 멋을 낸 사복차림인 유리는 여전히 무척 미인이었다. 무테안경이 잘 어울렸다. 정말로 편집자로서는 아까운 기량이었다.

뭐, 그만큼 성격이 거치니 균형은 잡혔다고 생각하지만.

유리는 처음에 부외자인 토우카와 마야 씨가 있다는 것에 미간을 찌푸렸다.

하지만 금세 상사에게서 휴대전화로 연락이 들어오고 안색이 바뀌었다.

"——예?! 저희 모회사의……?!"

아무래도 이곳으로 오는 사이에 토우카의 얼굴을 아는 사람이 있었나보다.

얼핏 들은 이야기에 따르면, 토우카는 실질적으로 이 출판사의 모회사 대주주라나.

그에 따라 어째선지 편집장과 임원급 아저씨가 회의실로 뛰어 들어와서는 미팅에 동석하게 되었다. 처음으로 미팅을 가졌을 때 이상의 묘한 긴장감이 감돌았다.

솔직히 무지하게 불편한데…….

높으신 분은 명함을 건네려고 했지만 토우카는 그것을 정중하게 거절했다.

"오늘은 그저 선생님을 따라 왔을 뿐이라서요."

"그, 그러십니까. 이것 참 실례했습니다……."

"아뇨, 개의치 마세요."

연신 허리를 꾸벅꾸벅 숙이는 아저씨들의 모습에 유리는 아연실색했다.

마야 씨는 평소대로 시원스러운 표정으로 옆에 서 있었다. 익숙한 거겠지.

"어, 으음, 그럼 원고를 보여주시겠어요."

유리는 굳은 미소를 띠며, 뒤집어진 목소리로 내 원고를 손에 들었다.

이렇게나 긴장한 유리는 처음이었다. 조금 재밌는데…….

그리고 평소의 다섯 배 정도로 천천히 살펴보고,

"……후우, 잘 읽었습니다."

크게 한숨을 내쉬고는 원고 다발을 정리해서 테이블 위에 내려놓았다.

"어, 어떤가요? 선생님의 작품은?"

토우카가 기도하는 듯한 눈빛으로 물었다. 나보다도 훨씬 진지한 태도였다.

마치 토우카가 가져온 것만 같은 태도라서 나는 내심 쓴웃음을 지었다.

"……그, 그러네요."

유리는 우선 내 눈을 지그시 바라보고, 그리고는 높으신 분에게 시선을 향했다.

무언가 의미가 담긴 아이콘택트 후,

"——괴, 굉장하네요!"

절찬의 말을 입에 담았다. 살짝 책 읽는 톤이었다.

어찌 생각해봐도 이건, 토우카의 기분이 상하지 않도록 하고 싶다는 상사의 의향이로군요…….

편집자도 이래저래 힘들구나……. 다시금 그런 생각이 들었다.

"저, 정말인가요?"

토우카는 희색을 띠며 몸을 내밀었다.

"예. 코미컬해서 읽기 쉽고, 그러면서도 그림에 박력이 있어요. 무엇보다도 히로인들이 무척 귀여웠어요. 마지막 전개도 제대로 와 닿았고요."

……중진 작가를 상대할 때는 혹시 이런 느낌일까.

정말로 큰일이구나. 만에 하나 밥벌레 생활을 졸업해도 편집자가 되는 것만큼은 피하자…….

아니, 인기 직업이라서 되려고 해도 안 될 테지만.

"그럼 게재해주시는 건가요?"

"어, 으음, 그건……. 제가 혼자서 결정할 일이 아니라서, 우선은 연재회의에 올렸으면 좋겠네요."

"과연. 그런 수순이 있었군요. 죄송해요."

"아, 아뇨."

쩔쩔매는 유리.

너무 신경을 쓰느라 슬슬 위에 구멍이 뚫려버릴지도 모르겠다.

역시나 이래서야 더는 보고 있을 수가 없었다. 도움을 주기로 하자.

"저기, 토우카. 출판사에 올 기회는 별로 없잖아? 모처럼 왔으니까 편집부를 견학시켜달라고 그러면 어때?"

"아, 그러네요."

토우카가 내 제안을 받아들였다.

"확실히 어떤 식으로 만화가 만들어지는지, 좀 보고 싶었어요."

"그러시다면 제가 안내해드리겠습니다!"

내 의도를 파악했는지 높으신 분이 얼른 반응해주었다. 토우카는 머뭇거렸다.

"⋯⋯으음, 하지만 선생님의 미팅이 아직 끝나지 않았는데요."

"이쪽은 괜찮아. 만화가와 담당, 둘이서 이야기하고 싶은 것도 있으니까 다녀와."

"음, 알겠어요. 그럼 그렇게 할게요."

토우카와 마야 씨, 높으신 분과 편집장은 자리에서 일어나 회의실을 뒤로했다.

"⋯⋯⋯⋯하아아――⋯⋯. 쫄았어――⋯⋯⋯⋯."

문이 닫히고 둘만 남은 참에, 유리는 성대하게 한숨을 내쉬었다.

"아하하, 어쩐지 미안하네요."

"――어쩐지는 뭐가 어쩐지야!"

내가 가벼운 느낌으로 사과하자 태도가 변모했다.

"저 아이는 대체 누구야?! 무슨 일 있다가는 나뿐만 아니라 편집장 모가지도 날아간다고 그랬다고!"

"투자인가 뭔가로 돈을 버는 슈퍼 아가씨예요."

"그런 게 왜 너 같은 녀석이랑 같이 있냐고!"

"……아무리 데뷔하기 전이라고는 해도, 작가한테 그런 말은 좀 어쩌려나요."

"시끄러워! 됐으니까 설명이나 해!"

"예이예이."

어떻게 토우카와 만나고 현재 어떤 관계인지, 요점만 간추려서 설명했다.

유리는 경악하여 눈을 부릅뜨고는 이 세상의 끝을 한탄하듯 절규했다.

"——뭐어?! 로리네 밥벌레라니 그건 또 뭐야! 최악의 쓰레기잖아!"

"하하하, 부럽지요?"

"젠장! 만화가를 이렇게나 부럽다고 생각한 건 처음이야!"

"다음에 토우카한테 부탁해서 고급 레스토랑에 데려다줄까요?"

"정말로?! 아니, 쓸데없는 참견이야! 가여운 소녀의 돈으로 그런 짓을 하고도 너는 마음 아프지도 않냐?!"

"전혀요."

"진짜 완전히 쓰레기구나! 아, 그렇지. 참고로 원고는 그야말로 최악이었다고!"

자포자기했는지 화풀이에 가까운 말투였다.

"아아, 역시."

"뭐가 역시야! 그보다도 어째서 전보다 더 지독해졌어!"

"독자의 시선을 의식했으니까요."

"대체 어디가!"

토우카만을 위해서 그렸다는 사실을 설명했다.

"……칫, 편집자한테 보여줄 거라면 개인이 아니라 제대로 상업성을 의식하라고."

"그렇겠지요. 미안해요."

"그리고, 칭찬하는 것도 아니꼽지만……. 여느 때처럼 그림만큼은 정말 좋았어. 여기저기에 잡스러운 부분도 있지만 이제까지 중에 최고의 완성도네."

"감사합니다."

"……그것도 그 아이를 위해서지?"

"뭐, 그렇지요."

물론 나 자신을 위한 것도 있지만. 이야기가 복잡해질 테니 굳이 부정하지는 않았다.

유리는 표정을 찌푸리며 탄식했다.

"……그러냐. 그렇다면 너만이 아니라 그 아이도 부러운데."

"어, 뭐가 말이에요?"

"뭐냐니, 그야 그렇잖아. 정말로 좋아하는 작가가 자신만을 위해서 만화를 그려준다고? 그야말로 궁극의 사치잖아."

31

과연. 확실히 그건 진귀한 음식보다도, 멋진 고급차보다도, 무지막지하게 큰 저택보다도 사치스러운 일일지도 모른다. 내가 그리는 쪽이라서 깨닫지 못했다.

"……그보다도 하나만 확인해봐도 될까?"

"뭔데요?"

"네 기분을 상하게 한다면 그 아이한테 고자질한다든지, 그런 비겁한 짓은 안 하겠지?"

"그럴 생각은 없지만, 그런 식으로 말한다면 그럴 수도 있을 것 같은데요."

"죄송합니다. 제발 봐주세요."

진지한 얼굴로 사죄를 받아버렸다.

"농담이에요. 그런 짓 안 해요."

나는 쓴웃음을 짓고, 테이블 위에 방치되어 있던 원고를 회수했다.

"이것도 채용하지 않아도 상관없어요."

"……괜찮아?"

"예. 권력으로 실리기라도 한다면 다른 사람들한테 미안하니까요."

"흐응……. 가끔은 그런 기특한 소리도 한단 말이지. 다시 봤어."

감탄한 듯 미소를 짓는 유리.

"훗, 밥벌레의 여유란 녀석이에요. 솔직히 원고료 같은 건 아무래도 상관없으니."

"큭──아아, 이제는 진짜로 부러워! 나도 누가 길러줬으면 좋겠어…….."

"결혼한다면 어때요? 유리라면 상대는 얼마든지 있잖아."

"입 닥쳐. 나는 그 두 글자가 세상에서 제일 싫어. 그리고 또 말이 짧다."

……과거에 무슨 일이 있었을까. 무서워서 파고들지는 않을 테지만.

"그 아이도 채용하지 않는 거에 납득해줄까?"

유리가 이야기를 되돌렸다.

"조금은 실망할지도 모르겠지만, 괜찮아요. 토우카는 제가 어떻게든 할 테니까 신경 쓰지 마세요."

"……그런가. 알았어."

"그러니까 앞으로도 변함없이, 한 사람의 남자와 여자로서 잘 부탁해요."

"응. 만화가와 담당 편집자로서, 잘 부탁할게."

그 후로 10분 정도지만 일단 제대로 된 미팅도 했다.

아까 토우카에게 이야기했던 건 완전히 거짓말도 아니었나보다. 그런 부분의 장점을 유지하면서 단점인 스토리를 어떻게 좀 해라 진짜로 그림이 아깝다, 그런 말을 들었다.

"아, 젠장. 정말로 성격에 문제가 없으면 원작을 따로 붙이겠지만 말이지……."

"……본인의 눈앞에서 성격에 문제가 있네 어쩌네, 그러지는 좀 마요."

"시끄러워, 쓰레기."

그렇게까지 정면에서 매도당하니 도리어 시원했다.

"쓰레기랑 어울려야 되는 편집자도 참 큰일이네요."

계속 생각하던 걸 입에 담자 유리는 쓴웃음을 지었다.

"뭐, 그렇지. 스스로 생각해도 참 잘도 참는구나, 싶어."

"일이니까 그렇죠?"

"물론 그도 그렇지만, 이유가 그것뿐이지는 않아. 이러니저러니 해도 즐거우니까 말이지."

그리고 유리는 토라진 듯이 말했다.

"……작가의 원고를 가장 먼저 읽을 수 있는 건, 사실은 편집자의 특권이라고."

편집부 견학 투어를 마치고 토우카 일행이 돌아왔다.

"무척 흥미 깊었어요. 저렇게 해서 만화가 만들어지는군요."

"그런가, 다행이네. 이쪽도 끝났으니까 돌아갈까."

유리나 높으신 분에게 인사를 하고 출판사를 뒤로했다.

돌아가는 차 안에서 단편은 채용되지 않았다고 이야기했다.

"어, 그건 어째서죠……?"

아니나 다를까, 토우카는 슬퍼하는 표정을 지었다.

"이런저런 이유가 있지만, 나라면 좀 더 재미있는 만화를 그릴 수 있으니까. 그게 첫 번째 이유일까."

토우카의 머리를 쓰다듬으며 나는 쾌활하게 말했다.

"적극적으로 검토한 결과니까 실망할 것 없어."

"그렇군요."

토우카는 안심한 듯이 표정을 풀었다.

그러나 완전히 납득할 수는 없었는지 "으음"하고 신음했다.

"그건 그렇고, 역시 프로 편집자네요. 그렇게나 좋은데도 만족하지 않는다니……."

"그러네. 하지만 유리는 우수하니까, 말하는 대로 해서 잘 못될 건 없어."

"……과연. 기회가 있다면 꼭 그분과도 천천히 이야기를 나눠보고 싶어요."

"그럼 다음에 식사라도 한 번 권유해볼게. 바쁘니까 언제 가 될지는 모르겠지만."

"예, 잘 부탁드려요."

토우카는 미소와 함께 고개를 숙였다. 그리고는 입술을 삐죽이며 이렇게 말했다.

"……하지만 선생님께 그렇게까지 신뢰를 받는다니, 조금 질투해버렸어요."

그 말에 나는 쿡쿡 웃음을 흘렸다.

서로가 서로를 부럽다고 생각하는 모습이 자못 희극 같았다.

기회가 있다면 만화에 살려볼까, 싶었다.

참고로 그 후.

미팅 수고회라는 걸로, 토우카에게 초고급 중화요리를 대접받았다.

이게 또 엄청나게 맛있었기에 약소하게나마 감사의 인사를 해야겠다 싶어서, 나는 유리에게 다음과 같은 문자를 보냈다.

『항상 신세를 지고 있습니다, 텐도입니다. 오늘은 감사했습니다.

변변찮은 답례입니다만, 이걸 보고 업무하시는데 힘이 되셨으면 좋겠습니다.

(첨부파일: 베이징덕)』

유리는 업무에 무척 능한 편집자다. 답신은 금세 돌아왔다.

『항상 신세를 지고 있습니다, 나카노입니다. 저야말로 감사했습니다.

제 조언을 모두 그대로 받아들일 필요는 없습니다만,

다음 작품이야말로 많은 이들에게 받아들여지는 것을 의식해서 그려주십시오. 기대하고 있습니다.

……그래서, 로리한테 얻어먹는 밥은 맛있었나?』

『예, 밥벌레 밥 진짜 최고예요ㅋㅋㅋㅋㅋ』

『다음에 만날 때 제대로 손봐줄게. 그 병아리처럼 말이야.』

『……정말 죄송했습니다. 우발적인 생각이었사오니 모쪼록 용서해주십시오.』

『용서받길 원한다면 제대로 된 원고를 가져와.』

『……예, 선처하겠습니다.』

응. 역시 다음 미팅은 무척 나중에나 하게 될 것 같았다.

적어도 유리의 분노가 사그라질 때까지는 시간을 주기로
하자…….

가슴의 맹세

미팅을 하고 며칠이 지난, 6월 하순 어느 날.

내 방 침대에서 라이트노벨을 읽고 있자니 토우카가 학교에서 돌아왔다.

"선생님, 다녀왔어요."

"실례해줄게."

"야옹, 오라버니 옆자리, 겟."

오늘은 친구인 치즈루와 사나도 함께였다.

건방져 보이는 트윈테일이 탄자와 치즈루.

고양이귀 카추샤를 한 단발머리가 코모리 사나.

교복 차림인 세 사람은 당연하다는 것처럼 침대로 올라와서는 내 옆까지 다가왔다.

아가씨답지 않은 상스러운 행동이었지만……. 귀여우니까 용서해버리는 거지.

게다가 뭐, 항상 있는 일이고.

참고로 마야 씨는 업무 중이었다. 토우카의 자유시간(즉 나와 노는 시간)을 조금이라도 벌어주기 위해서 성가신 일을 이래저래 떠맡았다나. 정말로 유능하고 토우카를 깊이 생각하는구나. 다음에 또 토우카와 함께 메이드 옷을 골라서 선물해주자(멋들어진 미소).

"오늘은 원고 안 하고 놀면서 뭐 하는 거야?"

"아니, 멋대로 논다고 단정하지 마."

무례한 말투로 묻는 치즈루를 향해 나는 쓴웃음을 지으며 대답했다.

"이래보여도 엄연한——."

"예이예이, 어차피 인풋이라는 녀석이잖아?"

치즈루는 바보 취급하는 듯한 미소를 지으며 내 말을 끊었다.

"그 핑계만 있으면 뭘 하든 허락되니까, 정말로 편리한 입장이네."

여전히 신랄하구나…….

게다가 정론이니까 대답할 말이 없었다.

뭐, 하지만 처음 만났을 때는 문답무용으로 토우카에게서 떨어지라고 그랬다.

그때와 비교하면 꽤나 온화해졌다.

『치즈루의 츤데레는 개성이라서 만화에 참고가 되네.』

『——자기를 향한 폭언조차 양식으로 만들어버리시다니, 선생님은 정말로 굉장하세요!』

그런 대화를 하고 나서, 토우카도 화를 내지는 않게 되었고.

친한 사이에도 예의는 지켜야 한다.

그런 말도 있긴 하지만, 이 자리에서는 모두의 개성을 중시하고 싶었다.

즉, 여자초등학생의 폭언 어디 덤벼봐, 였다.

아무리 그대로 보상이라고까지 하지야 않겠지만, 실제로 참고가 되고.

그보다도 폭언 따위 일일이 신경 쓴다면 애당초 밥벌레 생활 따위 제대로 못 한다.

"그래서 선생님, 뭘 읽고 계세요?"

"라이트노벨이야."

"라이트노벨……이 뭔가요?"

"으음, 라이트노벨이란 건……. 주로 중고생을 대상으로 하는 소설이려나."

작은 새처럼 고개를 갸웃거리는 토우카에게 대충 설명했다.

"어, 만화가 아니라 소설인가요?"

"그래. 봐봐."

책갈피를 끼우고 문고를 건네줬다.

"와, 정말이네요."

토우카는 페이지를 팔락팔락 넘기며 흥미 깊다는 듯 본문을 응시했다.

사나가 내 소맷자락을 꾹꾹 잡아당겼다.

"오라버니. 나는 알아, 라이트노벨."

"오, 역시 사나구나."

어쩐지 납득이 갔기에 머리를 쓰다듬으며 칭찬해줬다.

사나는 기분 좋은 듯 눈을 살며시 감으며 "야옹" 하고 울었다.

정말로 고양이 같았다. 귀여워.

"그럼 사나는 좋아하는 라이트노벨이 있어?"

"없어."

"없구나."

무심코 태클을 걸자 사나는 조금 미안해하는 태도로 대답했다.

"……알고는 있지만 아직 읽은 적은 없으니까."

"아아. 뭐, 소설은 좀 허들이 높으니까."

나도 처음으로 읽은 건 중학생이 된 다음이었구나, 생각했다.

좋아하는 게임의 노벨라이즈였지.

읽어보니 상상 이상으로 재미있어서 놀랐던 걸 기억하고 있었다.

그 이후로 좋아하는 애니메이션의 원작이라든지, 표지를 보고 산 거라든지. 내킬 때 건드리고는 했다.

"그보다도, 소설을 읽는 게 만화에 참고가 되는 거야?"

치즈루가 그렇게 물었다.

"되지. 구성이라든지 캐릭터를 만드는 방법은 물론이고, 문장만 있기 때문에 『이 장면을 만화로 한다면 어떤 느낌으로 그리지?』라고 자연스럽게 생각하기도 하고, 여러모로 자극이 돼."

"흐응……. 어째 생각했던 것보다 제대로 된 이유네. 시시해."

"확실히 선생님치고는 의외성이 부족하네요."

"야옹, 오늘 오라버니, 컨디션 안 좋아……?"

어라, 그 미묘하게 차가운 반응은 뭐야…….

치즈루는 제쳐놓더라도 토우카나 사나는 감탄해줄 거라고 생각했는데 말이지.

좀 더 밥벌레 같은 변명을 기대한 걸까……?

조금 복잡한 기분을 느끼며, 추가로 설명을 덧붙였다.

"겸사겸사 말하자면, 코미컬라이즈라든지 삽화 일도 있으니까, 그런 면에서도 읽어둬서 손해볼 건 없으려나. 특히 코미컬라이즈는 신인에게 주어지는 케이스가 많으니까."

"코미컬라이즈……. 멋진 울림이다옹."

눈을 반짝이며 사나가 중얼거렸다.

"그건, 다른 미디어의 원작을 바탕으로 만화를 그리는 거죠?"

"응, 그래."

토우카의 물음에 고개를 끄덕이자 치즈루가 비웃듯이 말했다.

"하루한테 그런 의뢰를 하는 사람이 있기는 해?"

"……없지는 않을 거라고 생각하는데."

"으응? 정말로?"

"정말이고말고. 그 증거로 담당도, 성격에 문제만 없으면 원작을 따로 붙여줬을 거라고 요전에 그랬어."

"……아아, 그렇구나."

무언가를 헤아린 것 같은 온화한 미소를 지으며, 치즈루는 내 어깨를 툭 두드렸다.

"뭐, 출판사도 사업을 하는 곳이니까 어쩔 수 없지."

아니, 그 부분은 제대로 태클을 걸어줘. 상냥하게 굴지 말고…….

"야옹, 오라버니는 그래도 된다고 생각해."

"동감이에요. 선생님께서 하고 싶으시다면 물론 응원하 겠지만, 제가 원하는 걸 말씀드리자면, 가능하다면 오리지 널 만화가 보고 싶어요."

사나와 토우카가 꺼낸 의견에 치즈루로 작은 목소리로 동 의했다.

"……그러네. 일로 바빠져서 놀 수 있는 시간이 줄어드는 것도 싫고."

"어? 지금 뭐라고?"

"시끄러워! 아무것도 아냐!"

치즈루는 뺨을 물들이며 거칠게 말했다.

참고로 지금 반응은 라이트노벨에서 배운 테크닉이었다.

츤데레 캐릭터를 돋보이게 만드는, 무척 편리한 대사였다.

"괜찮아."

나는 입가를 풀며 치즈루의 머리를 쓰다듬었다.

"나 같은 제멋대로인 밥벌레한테 담당도 일을 주지는 않 을 테니까."

"……들렸잖아."

기분 나쁘다는 듯이 중얼거리고 치즈루는 흥, 코웃음을 쳤다.

하지만 아무렇지도 않게 머리를 쓰다듬기 편한 위치로 움직였다. 귀여워.

그런 모습을 보고 사나가 쿡쿡 웃었다.

"야옹, 치즈루는 의외로 응석받이."

"……하루한테 찰싹 달라붙은 사나한테는 그런 말 듣고 싶지 않는데. 그보다도 딱히 응석부리는 게 아냐. 응석을 부리는 건 하루 쪽인걸."

"응. 오라버니는 응석을 부리는 것도 받아주는 것도, 잘해. 테크니션이다옹."

아니, 그 표현은 좀 어떨까 싶은데…….

마야 씨가 들었다가는 오해를 부를 것 같아서 움찔했다.

"선생님, 저도 질문을 좀 드려도 괜찮을까요?"

토우카는 예의바르게 한손을 들고 물었다.

"괜찮아."

"조금 전에 캐릭터 만드는 방법을 참고로 삼는다고 그러셨는데요……."

라이트노벨 권두 삽화 페이지를 펼쳐서 이쪽으로 들었다.

"이 책에 나오는 캐릭터, 거유 누님뿐이네요?"

"……어어, 응. 그러네."

그걸 노리고 샀으니까 당연했다.

그러나 토우카는 안타깝다는 듯이 미간을 찡그렸다.

"그렇다는 건, 즉 다음 작품의 주인공은 저희를 모델로 한 캐릭터가 아니라는 말씀이신가요……?"

"아니, 다음에도 그걸로 할 생각인데."

"어, 정말이세요?"

"응. 나도 그 캐릭터들로 아직 다양한 만화를 그려보고 싶어."

이건 토우카의 기분을 풀어주려는 게 아니었다. 진심으로 그렇게 생각하고 있었다.

스스로도 마음에 들었고, 가장 중요한 독자도 그걸 원하고 있다.

게다가 유리한테서도 좋은 평가를 받은 캐릭터였다.

그런 캐릭터들을 단편에 한 번 쓰고 버린다니, 그런 아까운 짓을 할 생각은 없었다.

뭐, 그렇다고 해서 원고가 순조롭게 진행되는 건 아니지만…….

마감이 없다보니 무심코 인풋을 더 우선시해버리거든.

"그런가요. 그건 정말로 기뻐요. 기대하면서 기다릴게요."

토우카는 싱긋 미소를 지으며 그리 말해주었다.

으음, 귀여워. 기대에 부응할 수 있도록 노력하자.

"그럼 어째서 하루는 그 책을 읽고 있어?"

토우카의 상냥함을 찬찬이 곱씹자니 치즈루가 질문을 던졌다.

"어?"

"우리를 모델로 한 캐릭터를 그릴 거라면, 좀 더 자그마한 여자아이가 활약하는 이야기를 읽는 편이 유의미하잖아?"

"그렇군요. 그건 저도 신경 쓰여요."

"야옹. 나도."

"……으음, 그건."

"""그건?"""

셋이 나를 똑바로 쳐다봤다. 이런, 뭐라고 대답하지…….

머뭇거리고 있자니 치즈루가 몰아붙였다.

"역시 인풋이라는 건 그저 핑계고, 단순히 하루의 취미지?"

"그런가요?"

"야옹?"

물론 인풋이 된다는 건 거짓말이 아니었다.

하지만 솔직히 말하자면 공부를 위해서라기보다 순수하게 읽고 싶다는 동기 쪽이 강했다.

즉 치즈루의 말대로, 사실상 취미 쪽이었다.

그러나 여기서 그렇게 대답한다면 세 사람은 실망하겠지.

그건 피하고 싶었다. 어떻게 해서든.

쓰레기라고 여겨지는 건 전혀 개의치 않는다. 틀림없는 사실이고.

하지만 시시한 녀석이라고 여겨지는 건 싫다.

만화가도 밥벌레도, 공통되는 부분이 있었다.

그것은 자신의 팬을 즐겁게 만들어주어야만 한다는 것이었다.

그렇기에 대답은 하나밖에 없었다.

"아니, 물론 취미가 아니라 온전히 인풋이 목적이야."

"그러신가요?"

"응. 제대로 된 목적도 있어."

"목적이라면?"

밥벌레로서 단련된 대응력을 전력으로 발휘하여, 나는 몇 초 만에 생각한 변명을 입에 담았다.

"장래를 위해서야."

"……장래를 위해서, 라고요?"

의도를 파악할 수 없었는지 토우카는 의아하다는 듯 고개를 갸웃거렸다.

치즈루와 사나도 비슷한 동작을 취했다.

"그래. 나는 세 사람을 모델로 한 그 캐릭터들을 무척 소중하게 생각해. 그러니까 페이스는 제쳐놓고라도 오랫동안 그릴 생각이야. 이른바 하나의 라이프 워크 같은 느낌으로 말이지."

"──라이프 워크! 그건 정말 굉장해요……!"

토우카는 눈을 반짝이며 환희가 담긴 목소리를 흘렸다.

"헤에……. 하루치고는 좋은 생각이잖아."

"야옹……. 오라버니, 멋있어."

치즈루와 사나도 두근두근하는 모습으로 나를 바라봤다.

고맙다. 생각했던 것 이상으로 호의적인 반응을 받고 가슴이 두근거렸다.

나는 대담한 미소를 짓고서 말했다.

"그건 다시 말해, 세 사람의 성장을 그려 나간다는 것이기도 해."

"───!"

토우카는 무언가를 헤아린 것처럼 숨을 삼켰다.

"설마 선생님, 그렇게까지 앞일을 내다보시고……?"

"그래, 맞아."

"……야옹? 무슨 이야기야?"

소매를 잡아당기는 사나에게 알기 쉽게 설명했다.

"셋 다 지금은 초등학생이지만, 매일 조금씩 성장해서 언젠가는 훌륭한 레이디가 되겠지? 그때를 대비해서, 지금부터 거유 캐릭터를 연구하고 있어."

"과연……!"

납득해주었는지 사나는 양손으로 야옹야옹 고양이 포즈를 취했다. 잘 모르겠지만, 손뼉을 치는 거랑 같은 뜻일까? 뭐, 귀여우니까 아무래도 상관없나.

"……하지만 선생님, 혹시 거유가 되지 않는다면 어떻게 하나요?"

가슴께로 손을 모으고 토우카가 불안한 듯 물었다.

"괜찮아. 내 예상으로는, 셋 다 장래성은 발군이야."

"───정말인가요?"

"응, 날 믿어."

물론 이건 립서비스라는 녀석이었다.

아무리 거유를 좋아하는 나라고 해도 그런 걸 알 수 있을 리가 없었다.

"어떻게 하루가 그런 걸 알 수 있어?"

치즈루가 그 구멍을 놓칠 리도 없으니, 날카로운 눈빛으로 딴죽을 걸었다.

예상했기에 냉정하게 대답했다.

"나만큼 가슴에 고집이 있는 만화가라면, 다들 그런 스킬을 가지고 있어."

"……정말로?"

"정말로."

"……만화가란 거, 진짜 제대로 변태구나."

당당하게 단언하자 치즈루는 질렸다는 듯이 탄식했다.

믿었다기보다 추궁할 생각이 사라진 걸지도 모르겠다.

"미래시 스킬……. 역시 오라버니다웅."

사나는 존경의 시선을 보내주었다. 중2병에게 마안 계열은 제대로 먹히는구나.

그때 토우카가 "후훗" 하고 즐거워하는 웃음을 흘렸다.

"왜 그러니?"

"죄송해요, 처음으로 선생님과 만났을 때가 살짝 떠올랐거든요. 그때 약속했잖아요. 제 가슴이 커지면 선생님께 주물러달라고 할 거라고."

"아―, 그러고 보니 그런 일도 있었지."

"――뭐?! 잠깐, 대체 그게 무슨 약속이야……?!"

그립다고 생각하자니 치즈루가 경악한 목소리를 흘렸다.

"그 후로 벌써 한 달이 넘게 지났네요. 시간이 참 빨라요."

"그러네."

"아니, 멋진 추억이라는 것처럼 빠져들지 말라고?! 어떻게 생각해도 이상하잖아!"

"뭐가 말이죠?"

화를 내는 치즈루에게 토우카가 멍하니 반문했다.

"뭐가 말이냐니……. 어, 토우카는 정말로 하루가 주물러도 괜찮아?"

"예. 선생님의 팬이니까 당연해요."

토우카의 뜨거운 대답을 듣고 사나가 "야옹" 하며 양손을 들었다.

"그렇다면 나도 약속할게."

"잠깐, 사나까지?!"

"오라버니. 커다랗게 되면 내 가슴도 주물러줄래?"

"물론."

나는 정말 멋들어진 미소로 고개를 끄덕였다.

"하루 이 바보야! 물론이라니, 그건 아니잖아! 거기서는 신사적으로 거절하라고!"

"미안해, 치즈루. 나는 신사이기 전에 만화가야. 그러니까 팬의 바람을 우선하고 싶어."

"역시 선생님! 진정한 엔터테이너세요!"

"야옹. 오라버니, 고마워."

폭발한 치즈루와는 대조적으로, 토우카는 나를 칭찬하고 사나는 기뻐하며 부끄러운 듯 미소 지었다.

일본은 민주주의국가이니 안타깝게도 이상한 건 치즈루

쪽이 되었다.

이것 참, 정말로 안타깝구나…….

가볍게 치즈루를 동정하자니 토우카가 한 번 더 추가타(?)를 날렸다.

"반대로 제가 묻겠는데, 치즈루는 약속하지 않아도 되겠어요?"

"후에?! 그야 당연히 약속 안 해야지!"

"정말로? 후회할 거라고요?"

"어, 어째서……?"

설득하는 듯한 토우카의 말투에 제아무리 치즈루라도 주춤했다.

"모르겠어요? 이건 말하자면 투자예요."

"……무슨 뜻이야?"

"저희의 가슴이 커지는 게, 가령 5년 뒤라고 하죠. 그때면 세상은 확실하게 선생님의 재능을 깨달을 거예요. 국내에서 영상화는 물론이고 할리우드에서도 덤벼들겠죠."

어, 덤벼들려나……?

그런 생각이 들기는 했지만 쓸데없이 끼어들지 않고 토우카의 주장에 귀를 기울였다.

"그렇게 된다면 당연히 팬 숫자도 엄청나게 늘어날 거예요. 사인회의 추첨 확률은 천문학적인 숫자가 되고, 선생님께서 가슴을 주물러주셨으면 좋겠는데도 그럴 수 없는 팬, 통칭 『가슴 난민』이 대량으로 발생할 것으로 예상돼요. 하지만 지금이라면 선생님과 직접 약속을 할 수 있는 거예요. 그 권리를 행사하지 않는 건, 오른다는 사실을 알고 있는 종목을 사지 않는 것만큼이나 어리석은 짓이라고요?"

"야옹, 치즈루도 오라버니의 팬이라면 솔직해져야 돼."

토우카에 이어서 사나도 진지하게 이야기했다.

"그때가 되어서 치즈루만 우리랑 같이하지 않는다니, 나는 슬퍼……."

"사나가 말한 대로예요. 셋이서 함께, 사이좋게 주물러달라고 하자고요?"

"우리는 계속 친구다옹."

"──으윽……. 아, 알았어!"

친구들의 사랑이 담긴 말에 끝내 치즈루는 함락되었다.

얼굴을 새빨갛게 물들이고는 자포자기한 것처럼 말했다.

"하루! 커다랗게 되면 특별히, 내 가슴을 주무르게 해줄게!"

"치즈루. 그건 제대로 부탁하는 게 아니잖아요?"

"그래, 맞다옹."

"윽……. 제, 제 가슴도, 주물러주세요."

두 사람이 주의를 주자 끝내는 눈물을 머금고서 애원하는 치즈루.

이것에는 본고장 영국신사라도 이렇게 대답하지 않을 수 없겠지.

"응, 알았어."

노력한 치즈루의 머리를 쓰다듬으며 나는 흔쾌히 고개를

끄덕였다.

로리 세 사람. 태어난 날은 달라도 내가 가슴을 주무르는 때는 같은 날이기를.

이것이 훗날 회자될——지 안 될지 모를——『가슴의 맹세』였다.

엉덩이였다면 도원의 복숭아를 빗대어 좀 더 제대로 말할 수 있었을 텐데, 아깝구나.

……그건 그렇고, 이 자리에 마야 씨가 없어서 다행이었다.

어쩌면 밥벌레 재판이 개정되어, 나는 잔혹한 방법으로 심판을 당했을 테지…….

그리고 화제는 라이트노벨로 돌아왔다.

사나가 추천하는 라이트노벨을 알려달라고 해서 뜨거운 이능력 배틀, 웃을 수 있는 러브코미디, 로망이 넘치는 판타지, 애절한 청춘물 등, 내가 이제까지 읽은 다양한 장르의 걸작을, 스포일러를 주의하며 소개해주었다.

"오라버니, 고마워. 일단 몇 권 읽어볼게."

그리고 사나는 스마트폰을 꺼내어 그 자리에서 다섯 권 정도 전자서적을 구입했다.

모두 중2 요소가 강한 작품이었다. 그렇겠지요—, 라는 느낌.

어쨌든 앞으로 나눌 이야기들이 기대되었다.

참고로 함께 듣고 있던 토우카와 치즈루도, 몇 권인가 흥미를 가져주었다.

그러나 토우카는 "스포일러가 있는 선생님의 해설을 듣고 싶어요"라며 희망했고, 치즈루는 "문장을 읽는 건 귀찮으니까 만화나 애니메이션으로 보고 싶어"라며 참으로 노골적인 이야기를 했다.

뭐, 하지만 애니메이션부터 진입하는 것도 방법 중 하나니까 그건 그것대로 상관없나.

그리하여, 어느 라이트노벨 원작 애니메이션을 함께 보았다.

여자초등학생들이 열심히 스포츠를 하는 작품이었다.

그걸 로리에게 둘러싸여서 보는 것은 무척 호사스러운 일이었다.

밥벌레의 생태

로리들이 함께 맹세를 나누고, 다음날 오후.

아무 생각 없이 인터넷 서핑을 하고 있자니 마야 씨가 방을 찾았다.

소노하라 마야. 검은 단발머리의 초절정 미인이자 내가 자랑하는 전속 메이드.

물론 오늘도 청초한 메이드 옷을 입고 있었다.

인터넷쇼핑 박스를 품어들고, 그 위에 커다란 가슴을 올려놓고 있었다.

쿨하고 엄한 성격이지만 의외로 무방비한 면도 있구나.

"물건이 도착했어요."

"오오, 고마워."

성희롱 하고 싶구나―, 그런 생각을 하며 박스를 받아들었다.

내용물은 아마도 자기 전에 주문했던 잡지 같은 거겠지.

딱히 바로 읽을 필요는 없었기에 책상 한쪽 구석에 놔두었다.

"그럼 실례하겠습니다."

"어, 잠깐만."

용무를 마치자마자 방을 나가려는 마야 씨를 불러 세웠다.

"……뭔가요."

마야 씨는 귀찮다는 듯이 돌아봤다.

"지금부터 인터넷으로 쇼핑을 할 생각인데, 괜찮으면 같이 봐주지 않겠어?"

"마침 일도 매듭을 지은 참이지만, 거절하겠어요."

"매정하네……. 새로운 메이드 옷에 대한 건데."

"……알겠습니다. 잠깐만 어울려드리죠."

다소 망설였지만 의외로 시원스럽게 받아들여주었다.

남아 있는 의자(본래는 어시스턴트용)를 가져와서는 오른쪽에 앉았다.

제대로 화면을 보기 위해서인지 무척 가까웠다.

샴푸인지 비누인지 잘 모르겠지만 무척 좋은 향기가 났다.

역시 초등학생한테는 없는 색기가 있구나.

마우스가 미끄러진 척, 그 풍만한 가슴을 오른쪽 팔꿈치로 건드려볼까……?

사고라고 우기면 한 번은 기회가 있을지도――.

"무슨 이상한 생각을 하는 건 아닌가요?"

"아닌데."

쿨하게 부정하고는 지극히 평범하게 마우스와 키보드를 조작했다.

역시 그만두자. 일단 목숨이 붙어 있어야 밥벌레 생활도 하는 법이다.

쇼핑 사이트를 열고 다양한 메이드 옷을 둘이서 봤다.

"오, 이거 괜찮네."

"대체 어디가 말인가요. 노출이 너무 많아요."

"시원해 보이는 게 여름에 딱이잖아."

"밖에서는 못 입고, 집안에는 에어컨이 있으니까 더위는 문제없어요."

"그럼 이 일본풍 메이드는? 옷과 에이프런 드레스의 콜라보레이션."

"……확실히 나쁘지는 않군요."

"오, 차이나풍도 괜찮네. 어린이용도 있으니까 토우카나 다른 애들한테 괜찮을지도."

"주인에게 고용인의 옷을 입히는 건 저항이 있지만…….
그러네요, 잘 어울릴 것 같아요."

결국 한 시간 남짓에 걸쳐서 열 벌 가까이 질렀다.

"이야―. 제대로 쇼핑을 했더니 무어라 형용할 수 없는 달성감이 있구나."

"……여전히 상쾌할 정도로 밥벌레네요."

미소를 지으며 기지개를 켜자 마야 씨는 질렸다는 듯 탄식했다.

"그게, 내가 돈을 쓰면 쓸수록 토우카가 기뻐해주는걸."

"애완동물에게 먹이를 주는 감각일지도 모르겠네요."

"아아, 알 것 같네. 그런 느낌이야."

"……비아냥거리는 말에 공감하지 마시죠."

"처음에 함께 지내기 시작했을 무렵이라든지, 그럴 때는 사양하면 도리어 걱정을 했으니까 말이지."

"……당신이 사양한 적이 있기는 했나요?"

"부끄럽게도, 받은 신용카드를 거의 쓸 수 없었거든."

"그건 딱히 부끄러워할 일이 아닌 것 같은데요."

"어, 그래? 뭔가 남자로서 배포가 작은 거 아니야?"

"밥벌레가 된 시점에서 남자의 가치는 최하 랭크예요."

"지당하십니다."

그때 문득 생각이 났다.

"──아, 그렇지. 하는 김에 잠깐만 조사해보자."

구글 메인화면을 열고 밥벌레, 아니, 조금 더 나아가서 이른바 『기둥서방』을 검색한다.

"그런 걸 조사해서 어쩌려고요……."

"좀 더 제대로 스킬을 갈고닦았으면 해서."

"만화가로서의 스킬을 갈고닦으세요."

"아무리 만화가로서의 스킬을 갈고닦아도, 중요한 소재거리가 없으면 의미가 없잖아?"

"……소재거리, 없나요?"

"……전혀."

콘티라든지 이미지보드는 지금도 매일 그리고 있지만, 느낌이 팍 오는 게 없었다.

적당히 만들어내는 것도 불가능하지는 않지만, 그래서야 토우카는 기뻐하지 않겠지.

섣불리 했다가는 도리어 걱정을 사고 말지도 모른다.

『저를 위해서 서두르실 필요는 없다고요……?』

천사 같은 토우카라면 틀림없이 그런 말을 할 것 같았다.

"그러니까 적어도 이쪽으로 성장해서 토우카를 기쁘게 해주자는 거야."

"……발전적인 건지 퇴보하는 건지 잘 알 수 없는 발언이네요."

"개인적으로는 발전적인 쪽이라고 생각하는데."

"뭐, 당신 나름대로 토우카를 생각하는 것 같으니까, 그 부분은 좋게 평가하도록 하죠."

"만세. 마야 씨한테 칭찬받았다."

"아니, 칭찬하는 건 아니에요."

그런 대화를 나누며, 검색결과로 나온 사이트를 둘러봤다.

마야 씨도 그대로 어울려주었다.

처음에는 『기둥서방의 생태』에 대한 모음 사이트였다. 대충 정리하면 이런 느낌이었다.

『길러주는 여성에게 무언가 메리트(가사나 스트레스 해소 등)를 준다.』

『자존심이라고는 전혀 없다.』

『기둥서방이라는 사실에 죄책감이 없다.』

『돈을 그냥 달라는 게 아니라 빌려달라고 한다.』

『근거가 없는 자신감을 지니고 있다.』

"돈을 제외한 부분은 당신과 딱 들어맞네요."

"어—, 부끄럽네."

"그러니까 칭찬이 아니라고요."

그 후로 몇 군데 비슷한 내용의 사이트를 흘려 읽고, 『전직 호스트가 전수하는 최강의 기둥서방 테크닉!』이라는 제목을 발견했다.

기둥서방 스페셜리스트(자칭)의 인터뷰 기사인 듯했다. 이건 정말 기대되는데.

──허나.

결론부터 말하자면, 이게 터무니없이 지독한 내용이었다.

그곳에는 이런 내용이 적혀 있었다.

『싼 것부터 시작해서 서서히 고가의 물건을 졸라라!』

『유복하면서 외로움을 타는 여자를 노려라!』

『장래의 꿈을 뜨겁게 이야기해서(거짓말이라도 OK) 응원하고 싶어지도록 만들어라!』

『일부러 칠칠치 못한 모습을 보여줘서, 내가 없으면 안 되겠다며 모성본능을 자극해라!』

『이대로는 파멸하고 말겠지만 다른 사람에게 상담할 수는 없다, 의지할 건 당신밖에 없다. 그런 말로 양심을 파고들어라!』

『때로는 차갑게 대해서, 관계 회복을 위하여 선물을 받아내라!』

"우와, 이 녀석 진짜 완벽하게 쓰레기네……."

혐오감을 훤히 드러내어 중얼거리자 마야 씨가 날카로운 시선으로 태클을 걸었다.

"제가 보기에는 당신도 같은 레벨이에요."

"아하하, 쑥스러워라——."

"아니, 농담이 아니라."

"……정말로?"

"예. 초등학생한테 빌붙었으니, 오히려 당신이 쓰레기 정도는 더 높을지도 몰라요."

"아니, 아무리 그래도 그건 아니잖아!"

아무리 마야 씨라도 흘려들을 수 없었다. 어처구니없는 데에도 정도가 있다고.

"그렇지만 이 녀석, 상대를 완전히 돈줄로밖에 안 보잖아!"

"당신도 옆에서 보면, 그렇게 생각하고 있는 걸로 보인다고요?"

"으에에에엑?! 어째서?! 완전히 다르잖아!"

"어디가 다른가요?"

"뭐라고 할까, 나한테는——사랑이 있어!"

"신고할게요."

스마트폰을 꺼내며 마야 씨는 진지한 표정으로 말했다.

"아니, 사랑이라고는 해도 이상한 의미가 아니니까!"

"정말인가요?"

"당연하잖아! 나는 연상인 거유가 좋다고!"

"…………아, 알겠어요. 믿도록 하죠."

마야 씨는 살짝 뺨을 물들이고는 스마트폰을 주머니에 집어넣어주었다.

"같은 레벨이라는 것도 철회할게요. 당신이 쓰레기라는 건 확실하지만, 그렇게까지 지독하다고 생각하지는 않아요. 이 기사의 남자가 살모넬라균이라면 당신은 비피더스균이에요."

"……그러니까 토우카한테는 플러스가 되는 존재라는 거지?"

"그렇지 않다면 이 집에서 살 수는 없겠죠."

고마운 말이었지만 예시가 세균이어서야 순순히 기뻐할 수가 없었다.

"하지만 그렇다고 해도, 조금 더 만화를 그려야만 한다고 생각해요."

"……아니, 일단 말해두자면 나도 그리기 싫은 건 아니니까 말이지?"

"어, 그랬나요?"

"그야 그렇지. 기다려주는 팬이 있으니까."

"그럼 그리면 되잖아요."

"……그러니까 아까도 말했지만 소재거리가 떠오르질 않는다고."

"그거, 안 그리려는 핑계가 아니었나요?"

"……그런 식으로 생각했나."

"당신의 언동을 보면 그리 생각하는 것도 무리는 아니겠죠."

무어라 대답할 말이 없었다.

"요전의 온천여관에서는, 아이디어가 없는 상황에서 하룻밤 만에 그렸잖아요."

"……그때는 멘탈이 최고조였으니까."

토우카의 소원에 엄청나게 격려를 받았고, 싸움의 기억을 내 만화로 덮어쓰고 싶다는 생각도 있었다. 모두 함께 처음으로 간 여행에서 최고의 추억을 만들어주고 싶었다.

게다가 아이디어가 전혀 없었던 것도 아니었다.

한 달 가까이 모았던 막대한 이미지보드가 머릿속에 있었다.

"역시 마감을 설정하는 편이 좋지 않을까요?"

"……어, 어째서?"

대부분의 크리에이터가 극도로 혐오하는 무시무시한 단어가 나와서 나는 움찔했다.

"단순하게 그저 몰아붙이는 편이 아이디어도 잘 떠오를 것 같아서."

"……그야 뭐, 일리 있을지도 모르겠네."

무겁게 고개를 끄덕였다.

"하지만 그것에는 한 가지, 치명적인 결점이 있어."

"뭐죠?"

"마감이 있다고 의식하면 매일매일이 즐겁지 않게 돼."

"토우카가 즐겁다면 당신이 어떻게 되든 알 바 아니에요."

그러시겠죠…….

"아니, 하지만 말이지. 고뇌하는 모습을 그 아이들한테는 썩 보여주고 싶지 않잖아?"

"뭐, 틀림없이 걱정할 테니까요."

"그렇지."

"그렇다면 그 아이들 앞에서는 평소대로 행동하면서 마감과 싸우면 되지 않나요?"

"……난이도 높네."

"밥벌레로서 성장하고 싶다면 그 정도는 해내도록 하세요."

"……그러네."

나 역시도 계속 이대로도 괜찮다고 생각하지는 않는다.

이래봬도 위기감이 없는 건 아니었다.

내 만화의 예상할 수 없는 면이 좋다고, 토우카는 말해주었다.

그리고 입 밖으로 꺼내지는 않았지만, 내 라이프스타일에서도 그걸 바라는 느낌이 있었다.

가령 상큼한 러브코미디 작가는 가능하다면 미남미녀이기를 바란다든지.

뜨거운 배틀 만화의 작가가 비실비실하다면 살짝 실망해버린다.

물론 작가와 작품은 별개이다.

범죄자 주인공을 그린다고 해서 작가에게 그걸 바랄 수는 없다.

하지만 어린 독자가 무의식중에 그런 걸 바라는 것은 지극히 자연스러운 일이라고 생각한다.

그리고 그 아이들은 나의 밥벌레 같은 모습에 익숙해져 있었다.

요전 날의 라이트노벨 건이 좋은 예였다.

인풋의 이유에 의외성이 없어서 시시하다는 말을 듣고 말았다.

그 후에 어떻게든 만회할 수 있었지만……. 언젠가 매너리즘을 피할 수 없겠지.

그렇게 된다면 토우카도 치즈루도 사나도, 나와 놀아주지 않게 될지도 모른다.

그건 외롭고, 괴롭다. 진짜 밥만 축내는 버러지가 되어버린다.

그런 건 절대 사양이다.

나는 언제까지고 그 세 사람에게 칭찬을 받으며 살고 싶다!

한물 간 녀석이 되고 싶지 않다!

어차피 쓰레기가 될 거라면 환하게 빛나는 쓰레기가 되고 싶다!

……좋아, 결정했다.

좋은 기회니까 의식개혁에 도전해보자.

실패해도 얻을 수 있는 건 있을 테고, 적어도 아무것도 안 하는 것보다는 나았다.

니조 토우카에게 걸맞은, 세계 제일의 밥벌레를 목표로 하자.

"알았어. 일주일 만에 단편 하나를 완성할게."

"정말인가요?"

"……역시 한 달로."

"…………."

"알았어! 일주일 만에 해치워줄게!"

날카로운 시선을 받고 반쯤 자포자기해서 소리쳤다.

"그 대신에 지킨다면 무언가 포상을 주지 않을래?"

"포상, 인가요?"

"응, 마야 씨가 뭔가 해줬으면 좋겠어."

"……뭐, 토우카를 위한 일이기도 하니까 제가 할 수 있는 일이라면 상관없지만요."

"어, 정말로?"

밑져야 본전이라고 생각했는데, 말해보길 잘 했네.

"다만 내용에 따라서요."

경계심 가득한 눈빛으로 그렇게 못을 박았다.

"특히……. 저런 얇은 책 같은 건 안 되니까요?"

『저런』이라……. 무심코 진실이 새어나온 것 같은데.

"역시 마야 씨, 내 동인지를 봤구나."

"──……아, 안 봤어요! 제가 그런 걸 봤을 리가 없잖아요!"

자신의 실언을 깨달았나. 마야 씨는 얼굴을 새빨갛게 물들이고 부정했다.

아니, 그 반응은 도리어 긍정하는 거나 마찬가지였다.

그러나 파고들었다가는 날 찌를 것처럼 험악했기에 신사적으로 넘어갔다.

"그럼 날 『주인님』이라고 불러줘."

"……알겠습니다. 그 정도라면 괜찮겠죠."

"만세!"

"……그렇게나 기쁜가요?"

"물론! 후하하, 벌써부터 그때가 기대된다고!"

크게 웃음을 터뜨리자 마야 씨는 부끄러워하며 시선을 돌렸다.

그리고 무뚝뚝하게 말해주었다.

"이, 일단 응원해줄게요. 최선을 다해주세요."

뭐, 그런 느낌으로.

지옥의 일주일이 막을 열었다.

건강하고 문화적인 최고 수준의 생활

CHAPTER

그래서.

나는 멋지게──자폭했다.

성대하고 고민하면서 그리고는 지우고, 다시 그리고는 지우기를 반복하고……

일주일에 걸쳐서 최종적으로 완성된 원고는, 세상에나 0장이었다.

0장이라니…….

철야를 하면서까지 책상에 매달려서 아슬아슬할 때까지 버틴 결과가 이렇다니…….

한심한 데도 정도가 있다고…….

"……그만큼 호언장담하고는 설마 아무렇지도 않게 깰 줄은 몰랐어요."

침대에 엎어진 내게 마야 씨가 한숨과 함께 말했다.

"덕분에 컨디션까지 무너지다니……."

"……참으로 면목 없습니다."

원인은 스트레스와 수면부족이겠지.

대단치는 않지만 살짝 열이 오르고 말았다.

"그보다도 엎드려 있으면 냉각시트를 못 붙여요."

"으으……. 됐어, 필요 없어……."

"어째서죠. 조금이나마 편해질 텐데요."

"만화를 못 그리는 무가치한 내게 그런 걸 붙일 자격 따윈 없어……."

케어가 필요한 건 몸보다도 마음 쪽이었다.

"바보 같은 소리 하지 마세요."

"아야야……."

마야 씨가 어깨를 붙잡고는 억지로 바로 눕혔다.

"당신이 그런 상태여서야 토우카가 걱정할 거예요."

엄한 말투로 그리 말하고는 시원시원 시트를 이마에 찰싹 붙여주었다.

그리고 그때.

똑똑 노크 소리가 나고 천천히 문이 열렸다.

호랑이도 제 말하면 온다던가. 수업을 마치고 돌아온 로리 삼인조가 방으로 들어왔다.

"선생님, 다녀왔어요——아니, 어쩐 일이세요?!"

"어, 감기라도 걸렸어?"

"야옹……. 괜찮아?"

셋은 놀라움과 걱정이 뒤섞인 표정으로 침대 옆까지 다가왔다.

마주할 면목이 없었다. 나는 이불을 머리까지 뒤집어썼다.

"걱정할 필요 없어요."

마야 씨가 상냥한 말투로 설명했다.

"만화를 그리느라 너무 애를 써서 피로가 좀 쌓였을 뿐이에요."

"어어……?!"

"하루가?! 말도 안 돼?!"

"야옹……. 마왕이 부활한 전조?"

원인을 듣고 더욱 놀라움을 표하는 세 사람.

조금 실례이긴 했지만 평소의 행실 탓에 아무런 말도 할 수 없었다.

"아뇨, 이번만큼은 정말이에요."

"……그러고 보니 요즘 며칠 동안 선생님, 평소와 좀 달랐던 것 같기도……."

"아아, 확실히. 어제 같은 경우에는 이상하게 하이텐션이었고."

"억지로 허세부린 거냐옹……?"

명랑하게 행동했다고 생각했는데 역시나 조금 부자연스러웠나.

"하지만 어째서 갑자기 그렇게까지 무리를 하신 건가요……?"

"인터넷에서 자신의 상황이랑 관련된 기사를 보고는 쓰레기라는 사실을 반성하고 새로이 결심한 모양이에요."

토우카의 의문에 마야 씨가 대답했다.

마감에 대해서 이야기하지 않은 건 메이드의 정이겠지.

"세상에……. 선생님이 쓰레기일지라도 저는 신경 쓰지 않는데……."

쓰레기라는 건 부정해주지 않나……. 아니, 상관없지만.

"조금은 신경 쓰는 편이 좋지 않을까?"

"아뇨. 오히려 쓰레기인 면도 포함해서, 저는 선생님의 팬이에요."

치즈루의 태클에 토우카는 단호하게 대답했다.

정말 고마워서⋯⋯. 저도 모르게 눈물이 흘러나왔다.

"그래서, 만화는 그렸어?"

"아뇨, 아무래도 슬럼프에 빠져버린 모양이라⋯⋯."

"야옹. 책상 위에 그리던 게 있어."

사나의 자그마한 발소리가 울렸다. 원고를 가지러간 것 같았다.

"보여주세요."

"나한테도."

"야옹."

잠시 침묵이 이어졌다. 원고를 체크하는 거겠지.

납득할 수 없는 걸 보여주다니, 솔직히 무척 괴로웠다.

하지만 나쁜 건 그리지 못한 나 자신이었다. 벌이라고 생각하니 아무런 말도 할 수 없었다.

이윽고 토우카가 입을 열었다.

"⋯⋯과연, 확실히 슬럼프 같네요."

"⋯⋯그러네. 잘 하긴 잘 했지만 요전에 거랑 비교하면⋯⋯."

"⋯⋯뭔가 다르다옹."

치즈루와 사나가 동의했다.

아아⋯⋯. 역시, 그랬구나.

작가가 분위기를 타지 못하는 거, 독자한테는 간파 당하는구나…….

"그런 연유로 오늘은 2층에서 지내주세요."

"아, 그러네요. 소란스럽게 해서 죄송해요."

"정말이지……. 하루한테는 노력 같은 건 안 어울리니까 이제 무리 같은 거 하지 말라고."

"야옹……. 오라버니, 느긋하게 쉬어."

"그럼 나가볼게요. 무슨 일 있으시다면 불러주시길……. 주인님."

각자 상냥한 말을 남기고 방에서 나가는 네 사람.

나는 성대하게 침울해하며 깊은 잠에 빠졌다.

열여덟 시간(열두 시간과 여섯 시간의 세트) 정도 폭면을 취하니 컨디션은 완전히 회복되었다.

뭐, 단순한 피로니까 당연하다면 당연했다.

그리고 어째선지 반성회가 열리게 되었다.

2층 거실 소파에, 출석자들이 테이블에 둘러앉았다.

내 오른쪽에, 메이드 옷 차림의 마야 씨.

정면에 교복 로리 세 사람──왼쪽부터 치즈루, 토우카, 사나의 배치였다.

"어, 정말로 왜 반성회……?"

"물론 재발방지를 위해서예요."

토우카는 진지한 표정으로 말했다.

"선생님께서는 건강하고 문화적인 최고 수준의 생활을 보내셔야만 해요."

"과, 과연⋯⋯."

"그렇다고 해도 그렇게나 반성할 건 없잖아?"

치즈루가 말했다.

"열심히 만화를 그리는 건 좋지만 무리는 하지 않도록 하라는 것뿐인 이야기잖아."

"그러네요. 앞으로 마야도 선생님께서 무리하시는 느낌이라면 말려줘요."

"⋯⋯예, 죄송합니다."

"아니, 마야 씨가 사과할 필요는 없어. 나쁜 건 나니까."

머리를 숙이고 진심으로 사죄했다.

"걱정 끼쳐서 미안해. 앞으로는 컨디션에도 주의할게."

"부탁드려요. 몸이 재산이니까요. 원고보다 건강을 우선시해주세요."

"응, 명심할게. 고마워."

진지한 말투로 주의를 받고, 나는 무심코 입가를 느슨하게 풀며 고개를 끄덕였다.

면목 없다는 마음이 대부분이지만⋯⋯. 토우카의 마음씀씀이가 기뻤다.

"야옹. 수면은, 중요해."

"사나의 말대로예요."

싱긋 미소 지으며 토우카가 말했다.

"그러니까 혹시 잠이 오지 않을 때는, 언제든지 절 불러주세요."

"응? 어째서 잠이 오지 않을 때는 토우카를 부르라는 거야?"

치즈루가 의아하다는 듯 미간을 찌푸렸다.

"저는 선생님 전용 안는 베개니까요."

"뭐?! 그건 대체 무슨 소리야?"

"지난번에 선생님께서 그렇게 말씀해주셨거든요."

토우카는 의기양양하게 가슴을 폈다.

"『토우카가 있으면 다른 안는 베개 따윈 필요 없겠어―』라고."

"――?! 잠깐, 하루! 정말로 그런 소릴 했어?!"

"……오라버니, 정말?"

"……어떻게 된 거죠?"

치즈루와 사나와 마야 씨가, 있는 힘껏 나를 노려봤다.

반성회에서 돌변, 수라장의 분위기가 만들어지고 말았다.

"……뭐, 응……. 하긴 했으려나."

토우카 앞에서 부정할 수도 없어서 나는 쭈뼛쭈뼛 긍정했다.

"야옹, 토우카만 치사해. 베개영업이다옹."

입술을 잔뜩 내밀며 사나가 보기 드물게 불만을 꺼냈다.

허나 그 표현은 자제해줘. 어폐가 있는 데도 정도라는 게 있다.

"――베, 베개영업이라니, 너 대체 어디까지 쓰레기인 거야!"

즉각 치즈루가 반응하여 새빨간 얼굴로 화를 냈다.

"…………."

마야 씨의 경우에는 이미 침묵이었다.

아아……, 이건 큰일인데…….

건강하고 문화적인 최고 수준의 생활은커녕, 자칫 잘못했다가는 인생 그 자체가 끝날 판이다…….

그런 위기 상황 가운데, 토우카는 멍하니 물었다.

"베개영업이 뭔가요?"

"으음, 저기, 잘 모르겠지만……. 뭔가 어쨌든 야한 녀석이야!"

"야옹? 그랬어?"

"어째서 처음 이야기를 꺼낸 사나가 모르는 거야?!"

"야옹. 들은 적이 있는 말을, 그냥 분위기에 맞춰서 말해봤을 뿐이니까……."

대체 어디서 들은 거야……. 만화나 텔레비전 같은 데서 들었나.

하지만 초등학생 때는 어쩐지 쓸데없이 그런 단어가 귓가에 남기도 하지.

"진정하세요, 치즈루."

토우카는 쓴웃음을 지으며 치즈루를 달랬다.

"신사인 선생님께서 야한 걸 할 리가 없잖아요. 혹시 그럴 법한 짓을 하신다고 해도, 그건 어디까지나 만화를 위한 것이지 나쁜 뜻은 없어요."

"…………뭐, 그러네."

치즈루는 의외로 시원스럽게 납득했다.

"······전에 팔베개를 해줬을 때도 어쩐지 상냥했고."

"야옹, 오라버니와 같이 자는 건 기분 좋았어······."

치즈루는 부끄러운 듯 소곤소곤 말하고, 사나는 눈을 감고서 차근차근히 말했다.

"······절도는 지켜주세요."

마야 씨는 깊이 한숨을 내쉬고는 그 말만 입에 담았다.

나에 대한 세 사람의 신뢰를 보고 독기가 빠졌을 테지.

이 기회를 놓칠 수는 없었다. 나는 다소 억지스럽기는 하지만 정리를 하러 나섰다.

"그럼 반성회는 이만 끝낼까."

"어, 아뇨. 반성은 아니지만, 한 가지만 더 이야기해도 될까요?"

화제가 바뀐다면 그걸로 충분하다. 나는 "뭔데?"라고 되물었다.

"선생님의 슬럼프에 대해서, 괜찮으시면 이야기를 청하고 싶어요."

토우카는 조심스러운 태도로 말했다.

"저기, 주제넘은 질문이었다면 사죄드릴게요. 하지만 조금이라도 선생님께 도움이 될 수 있다면 해서······."

"아―, 마음 써줘서 고마워."

의식적으로 웃음을 지으며 가벼운 태도로 대답했다.

"하지만 슬럼프라고 할 정도는 아니야."

"어, 그런가요?"

"응, 단순히 아이디어가 나오지 않았을 뿐이니까."

내게는 평상시 그대로였다. 슬럼프라고 표현하기에는 과분했다.

"그러니까 아이디어만 떠오르신다면 요전처럼 만화를 그리실 수 있다는 건가요."

"뭐, 그렇지."

"정말 다행이네요."

토우카는 안도의 한숨을 흘리며 천진난만하게 미소 지었다.

"그럼 아이디어는 어떻게 하면 떠오르실까요?"

"……이런저런 방법이 있겠지만, 역시 인풋일까."

내가 이렇게 말하니 변명처럼 들렸지만 그게 일반적이겠지.

참고로 그 자리에서 떠오르는 것만이 아니라, 목욕 중이나 화장실에 있을 때 등등 시간차를 두고 갑자기 번뜩 떠오르는 경우도 있다. 어쩌면 그쪽이 더 많을지도 모르겠다.

치즈루가 어이없다는 듯 말했다.

"그만큼 인풋을 하고도 떠오르지 않는다니, 효율이 엄청 나쁘네."

"……그러게."

정말로 그 말 그대로라고 생각했다. 내 재능이 문제일까…….

"야옹, 애당초 아이디어라는 게 뭐냐옹?"

사나가 고개를 갸웃거렸다.

"으음, 그게 말이지. 지금 같은 경우에는, 그렸으면 좋겠다 싶은 장면일까."

"그렇구냥……."

"선생님께서는 그 부분부터 만화를 생각하시는군요."

흥미 깊다는 듯 토우카가 또 질문을 건넸다.

"그 장면이 떠오르시면, 다음에는 어떻게 하시나요?"

"으음, 그러네. 기본적으로는 일단 그리고 싶은 장면의 이미지보드를 만들겠지."

"이미지보드……."

"아이디어 스케치라고도 해."

"코스프레했을 때 그리셨던 그것 같은 느낌인가요?"

"그래그래. 바로 그거야."

"아, 그러고 보니 요전에 만화에도, 그때 그림과 비슷한 장면이 있었어요!"

"응. 이미지보드가 어느 정도 쌓이면 화학반응 같은 게 일어나서 그것들이 연결되는 거지. 그리고 그 연결이 하나의 이야기가 되겠다는 확신이 생겼을 때 단숨에 그리는 게 내 방식이고."

"와, 굉장해요! 그 스케치에 그런 의미가 있었군요!"

"……뭐야, 하루 주제에 좀 멋있잖아."

"오라버니의 주가, 이제 와서 더욱 상승했다옹."

세 사람은 나를 향해 존경의 눈빛을 보내주었다.

나 나름대로 만화를 그리는 방법을 이야기했을 뿐인데 말이지…….

뭐, 어쨌든 기분은 좋네.

"이번에 그리지 못하신 건, 그런 확신이 없는 상태로 그리기 시작하신 탓이군요?"

"그런 거지."

역시 토우카. 이해가 빠르다.

"참고삼아, 그리고 싶다는 장면에 공통점 같은 건 있으세요?"

"어—, 어떨까."

생각한 적 없었구나.

으음, 캐릭터가 움직이는 장면인 건 확실하다고 생각하지만…….

모처럼의 질문이니까 조금 더 구체적으로 대답하고 싶었다.

귀여운 거? 멋있는 거? 야한 거? 웃긴 거?

아마도 어느 것이든 정답이겠지. 모든 것에 공통되는 요소는 뭘까……?

"굳이 말하자면『행복』일까."

입 밖으로 꺼내고서 나 자신이 먼저 납득했다. 응, 그게 제일 와 닿았다.

"그렇군요. 확실히 선생님의 작품 근저(根底)에는 그게 있는 것 같아요."

유일무이한 팬인 토우카도 동의해주었다.

그리고 토우카는 무척 중요한 이야기를 꺼냈다.

"그렇다는 건, 모델인 저희가 행복해하는 모습을 보면 아이디어가 쉽게 떠오르지 않을까요?"

"——!"

넋을 잃을 듯한 충격이 온몸을 덮쳤다.

——그거야!

듣고 보니 이제까지도 그랬어!

아이디어가 번뜩인 것은 인풋을 할 때가 아니라 그 인풋에 함께 어울려주는 이 아이들을 볼 때였다!

나는 즐거워하며 노는 이 아이들에게서 영감을 받았던 거다!

우와, 어째서 이제까지 깨닫지 못했을까…….

그러니 다른 작품을 건드려봐야 영 감이 오지 않을 수밖에.

"고마워, 토우카!"

나는 흥분하여 자리에서 일어나서는 무심결에 토우카를 끌어안았다.

"——후앗?! 선생님, 잠깐만요?!"

"그걸 의식하고 지낸다면 확실하게 만화를 그리는 페이스가 올라갈 거야!"

"——저, 정말이세요?!"

"그래!"

뭐, 내 경우니까 올라봤자 빤한 수준이겠지만.

하지만 한 달 동안 한 페이지도 못 그리다니, 그런 비참한 일은 벌어지지 않을 터.

"잠깐만! 기쁘다는 건 알겠지만 그걸 핑계로 뭘 하는 거야!"

"그렇다옹! 토우카만 치사하다옹!"

양쪽에서 팔을 툭탁 두들겨댔다.

"이런, 미안해. 그럼 셋 다 한꺼번에 안아줄게!"

"예!"

두 팔을 벌리자 우선 토우카가 정면에서 꼭 달라붙었다.

"뭐?! 어째서 그렇게 되는데?!"

"그럼 내가 먼저다냐."

거친 목소리를 쏟아내는 치즈루를 제쳐놓고 사나가 오른쪽에서 안겨들었다.

"잠깐——으으……. 나, 나도!"

친구 둘에 이어서 치즈루도 비어 있던 왼쪽에서 안겨주었다.

달콤하고, 부드럽고, 따뜻하다.

즉 그건——행복의 감촉이었다!

그러고 보니 온천에서도 모두 함께 끌어안았지…….

그때는 다들 울고 있었지만 이번에는 아니었다.

"우후후, 해내셨군요, 선생님!"

"이제부터는 제대로 하라고, 하루!"

"야옹, 오라버니의 여명이다웅!"

다들 행복하게 웃어주었다.

"……정말이지, 진짜로 사이가 좋군요."

쓴웃음을 지으며 그 모습을 지켜보는, 거유 메이드 씨가 하나.

"응? 마야 씨도 이쪽으로 올래?"

"거절하겠습니다."

그러시겠죠.

한바탕 기뻐하고 진정된 뒤, 나는 물었다.

"그런데 토우카는 어떨 때 행복을 느껴?"

"선생님의 만화를 읽을 때예요."

"아, 그런가. 고마워."

기쁘기는 하지만, 그 순간을 봐도 만화 소재로 삼기는 어렵겠는데…….

"그것 말고는?"

"으음, 그러네요……. 선생님께 도움이 되었을 때, 일까요."

"어, 정말로? 맛있는 걸 먹었을 때, 같은 게 아니라?"

"예. 선생님의 미소가 다른 그 무엇보다도 저를 웃게 해요."

만면의 미소를 지으며 토우카는 그리 말해주었다.

아, 정말이지. 귀여운 데에도 정도라는 게 있다고.

"치즈루랑 사나는?"

"나는……. 다 같이 즐겁게 놀 수 있다면 그걸로 충분해."

"야옹, 나도."

"그렇다는 건, 즉…….."

모두가 행복해지기 위해서는——.

"나는 이제까지처럼 밥벌레로, 다 같이 놀면 된다는 거구나!"

"후훗, 그러네요!"

"……지독한 결론이지만, 그렇게 되어버리네."

"야옹, 우리의 싸움은 지금부터다옹."

그리하여. 그 후로 다 같이 레이싱 게임을 하고 놀았다.

물론 그저 막연하게 노는 게 아니라,

『어떻게 하면 이 아이들을 더욱 즐겁게 해줄 수 있을까?』

이제까지 이상으로 그런 걸 강하게 의식했다.

그 과정에서 또 하나, 중요한 깨달음을 얻었다. 각자의 개성을 살려낼 수 있다면 영감이 더더욱 쉽게 떠오른다는 것이었다.

그러니까 내친 김에 다양한 특별규칙을 만들어봤다.

이번 레이스에서 이긴 사람은, 다음에는 내 무릎 위에서 플레이를 해야 한다든지.

반대로 이번 레이스에서 지면, 내가 좋은 이유를 세 가지 말해야만 한다든지.

그건 어떤 의미로는 만화의 플롯을 생각하는 작업과도 흡사했다.

도가 지나치면 마야 씨한테 혼이 날 테니 그 부분에는 주의가 필요했지만, 덕분에 각자의 생생한 리액션을 잔뜩 볼 수 있었다.

그날 밤에는 이미지보드를 평소의 다섯 배 이상으로 그리게 되었다.

그리고 싶은 장면이 차례차례 떠오르는 것이었다.

이만큼이라면——작화에 얼마나 집착하느냐에 따라서 다르겠지만——한 달에 20에서 30페이지 정도는 안정적으로 그릴 수 있을 것 같다고 생각했다.

……아니, 이 아이들과 노는 시간을 고려하면 조금 더 적

어질까.

뭐, 일단 월 30페이지가 노력할 목표라는 걸로.

참고로 이미지보드는 데이터로 변환한 뒤 세 사람에게 선물하기로 했다.

감사표시도 될 테고, 그걸로 또 기뻐하는 표정을 볼 수 있으니까 일석이조였다.

어쨌든, 뭐, 그런 식으로. 나는 밥벌레로서의 스킬을 더더욱 갈고닦은 것이었다.

로리 손말이 초밥

7월 상순 어느 날.

로리 삼인조+마야 씨와 트럼프로 놀고 있다가, 나는 문득 이런 생각이 떠올랐다.

어라, 어쩐지 초밥이 먹고 싶다.

그래서 곧바로 토우카에게 졸랐다.

"저기, 토우카. 오늘 저녁은 초밥으로 하지 않을래?"

"예, 괜찮아요."

토우카는 미소와 함께 흔쾌히 허락해주었다.

"……밥벌레 주제에 저녁식사 리퀘스트라니, 조금은 겸손하게 굴어야 되는 거 아냐?"

치즈루가 날카로운 시선으로 태클을 걸었다.

"내가 겸손하게 굴면 토우카는 기뻐해줄까?"

"아뇨. 오히려 더더욱 제멋대로 말씀해주셨으면 해요."

"그렇다는데?"

"으으윽……."

여유로운 표정으로 부채질하자 치즈루는 분하다는 듯 신음했다.

"초밥, 생선인가——고양이의 피가 끓는다옹."

사나가 진지한 표정으로 말했다. 고양이의 피가 흐른다는 설정이었나…….

실제로 고양이는 생선보다 고기를 좋아하는 모양이지만(다른 고양이과, 사자나 호랑이의 식사를 생각하면 납득이 간다) 자잘한 부분은 그냥 넘기는 방향으로.

"그럼 사나도 같이 먹을래요?"

"야옹, 그래도 돼?"

"물론이에요."

"아, 그럼 나도 괜찮지? 오늘 밤에는 다른 예정도 없고."

"예. 다 같이 맛있는 초밥을 먹으러 가요."

"야옹!" "응."

음. 사이좋은 모습은 아름답구나. 떠들썩한 식사가 될 것 같았다.

로리들과 즐겁게 먹는 초밥은 더욱 맛있겠지.

……아니, 하지만 고급 초밥집에서 떠드는 건 민폐인가?

가게를 전세 내는 방법도 있겠지만, 그래서는 영 재미가 없다.

그렇다면 차라리…….

"마야, 가게 예약을 부탁드려요."

"알겠습니다."

마야 씨가 스마트폰을 꺼냈다.

"아, 잠깐만. 가게에 가는 게 아니라 집에서 먹지 않을래?"

"배달을 시키자는 말씀이세요?"

가볍게 고개를 갸웃거리는 토우카를 향해 나는 묘안을 건

냈다.

"아니, 그게 아니라 손말이 초밥으로 하자고."

"과연, 저희가 스스로 만드는 거네요. 예, 좋을 것 같아요."

"그러네. 하루치고는 나쁘지 않은 제안이야."

"재밌을 것 같다옹."

로리들은 기뻐하며 찬성해주었다.

자신들이 좋아하는 재료에 대해서 즐겁게 이야기를 나누었다.

"참치랑 연어는 필수겠죠."

"나는 새우랑 장어일까."

"야옹, 나는 연어알이랑 성게."

음음. 역시 여자아이의 미소를 보니 힐링되는구나.

아, 그리고 사나. 그건 생선이 아니라고(웃음).

"그럼 그렇게 준비할게요."

마야 씨도 미소를 지으며 준비를 위해 자리를 떴다.

그리고 대략 한 시간 뒤.

1층 거실 식탁에, 완벽한 손말이 초밥 세트가 준비되어 있었다.

아이들이 언급한 재료는 물론이고 그 이외에도 방어, 도미, 광어, 오징어, 문어, 가리비, 다진 다랑어, 게, 본격적인 달걀말이도 있었다.

게다가 모든 재료가 고급스러워서, 우리가 직접 만들기에는 아깝지 않을까? 그렇게 생각해버릴 정도였다.

목제 초밥통에 든 밑밥에서는 식욕을 돋우는 좋은 향기가 감돌았다.

김마저 제대로 된 일품으로 보였다(실제로도 그렇겠지).

"오오, 역시 마야 씨. 제대로 준비했네."

"저는 전화를 걸었을 뿐이에요."

내가 감탄사를 흘리자 마야 씨는 쿨하게 그리 말했다.

아니, 그것만으로도 충분히 굉장하다고.

어디에 전화를 걸면 불과 한 시간 만에 이걸 준비할 수 있는지.

신경이 쓰여서 물어보니 "부자 전문 심부름센터 같은 게 있어요"라고 했다.

참고로 홍보 없이 소개만 받는 곳이라서, 그곳의 전화번호를 알고 있다는 것만으로도 사교계에서는 상당한 스테이터스라나. 만화 같은 이야기였다.

"……그보다도 어째서 여러분은 옷을 갈아입으셨나요?"

마야 씨는 미간에 손을 대고서 기가 막힌다는 듯 물었다.

"후후, 선생님의 리퀘스트예요."

"나는 두 사람한테 어울린 것뿐이지 딱히 받아들일 생각은 없었으니까 말이지."

"야옹, 이걸로 프로의 기술을 트레이스할 수 있어."

그렇다. 분위기를 더욱 끌어올리고자, 세 사람에게는 세트 기모노를 입어달라고 했다.

물론 만화에 참고하기 위해서였다.

이 아이들을 모델로 한 만화는, 아가씨 삼인조가 다양한 옷을 입고 미션에 도전한다는 설정이니까 말이지. 코스프레를 시킬 찬스를 놓칠 수는 없었다.

색깔은 토우카가 연보라색, 치즈루가 붉은색, 사나가 녹색이었다. 비교적 화사한 디자인이라 초밥 장인이라기보다는 전통과자점 간판 아가씨 같지만…….. 뭐, 그 부분은 귀여움을 우선시했다는 걸로.

"셋 다 잘 어울려."

"에헤헤, 감사합니다."

"……흥, 당연하잖아."

"야옹(부끄럼)."

음, 내가 생각해도 멋진 초이스였다.

밥벌레가 아니면 로리 전문 스타일리스트가 되는 것도 괜찮을지도.

"……확실히 귀엽네요."

마야 씨도 진심을 담아서 말했다.

"그렇지?"

"예. 하지만 이런 걸 잘도 가지고 있었네요."

"후후후, 내 코스프레 컬렉션을 얕보면 곤란하다고."

"곤란하든 말든 멋대로 하세요."

"그보다, 마야 씨도 입고 싶어? 유카타 같은 거라면 있는데."

"사양할게요."

뭐, 그렇겠지요.

안타깝지만 마야 씨는 메이드 옷이 가장 잘 어울리기도 하니, 오늘은 그대로 둘까.

어쨌든 각자 손을 씻고 식탁 앞에 앉았다.

토우카, 치즈루, 사나가 내 맞은편이고 마야 씨가 옆에 앉았다.

초밥 장인과 손님을 의식한 배치였다.

"선생님, 뭐든 주문하세요!"

토우카가 기세 좋게 말해주었다.

"잠깐만. 하루 따위한테 토우카가 만들어주다니 건방져. 차라리 내가 만들게."

"야옹, 나도 오라버니한테 만들어주고 싶어."

"아뇨. 선생님은 제 밥벌레니까 제가 책임지고 만들게요."

"안 돼. 내가."

"내가 할 거다옹."

나를 둘러싸고(?) 서로를 견제하는 세 사람. 기분은 나쁘지 않지만 싸움으로 번진다면 곤란했다.

"그럼 각자가 추천하는 걸 만들어주지 않을래."

달래듯이 그리 말했다.

"세 사람의 개정을 보여준다면, 경우에 따라서는 그걸 만화에 살릴 테니까."

그 말에 토우카는 환하게 미소를 짓고,

"식사마저 만화에 살리려고 하시는 그 향상심! 역시 선생님이세요!"

치즈루는 쓴웃음을 짓고,

"······경우에 따라서는, 이라는 부분이 사족이라고."

사나는 어째선지 사나운 미소로,

"야옹. 내 숨겨진 개성, 오라버니한테라면 보여줘도 괜찮다고······?"

각자가 그리 코멘트해주었다. 이미 충분히 개성적이었다. 이러면 기대도 더욱 높아진다.

"그럼 얼른 만들어줘."

"예." "어쩔 수 없네." "야옹."

셋은 일제히 김을 손에 들었다. 몸을 내밀어 최상의 소재를 들여다봤다.

"으음, 선생님의 취향을 생각하면······."

"하루 따원 오이말이로 충분해. 하지만 인정이라는 게 있으니 조금은 비싼 재료도······."

"야옹, 어둠의 국물에 담긴 명계의 달걀을······."

내게 어떤 재료를 먹여줄지, 세 사람 모두 진지하게 생각하고 있었다.

좀 더 가볍게 생각해도 괜찮은데.

하지만 나를 위해서 열심히 생각해주는 건 누가 뭐래도 기뻤다. 밥벌레에게는 더할 나위 없구나.

"그럼 저는 여러분 몫을 만들게요."

마야 씨는 김이 아니라 밑밥으로 직접 손을 뻗었다.

그리고는 익숙한 손놀림으로 새우초밥을 척척 만들었다. 형태도 깔끔했다.

이거 뭐야, 굉장해.

손말이 초밥인데도 평범하게 『쥠 초밥』을 만들었어…….

감탄하는 동안에도 아이들이 좋아하는 것들이 차례차례 접시로 올라왔다.

게다가 자세히 보니 밥의 양을 살짝 적게 해두었다.

아마도 초등학생의 위장에 맞춘 거겠지. 섬세한 배려였다.

"어, 마야 씨는 초밥집에서 수행한 경험이라도 있어?"

너무나도 솜씨가 좋았기에 무심코 그런 멍청한 질문을 해버렸다.

"있을 리가 없잖아요. 이런 건 그저 따라하다 보니 터득할 것뿐이에요."

그렇다면 더더욱 굉장한데. 마야 씨 진짜 유능.

그건 그렇고 요리가 능숙하다니 의외의 일면이었다. 집에서 식사는 기본적으로 가정부 분이 만들어놓은 걸로 하니까 못 할 거라고 생각했는데. 그저 하지 않는 것뿐이었나.

"평소에도 요리를 하면 될 텐데."

"직접 만들면 가성비가 나빠요."

……너무나도 합리적인 이유였다.

토우카 정도는 아니더라도 마야 씨 역시 수입이 상당한 것 같으니…….

요리를 할 시간에 일을 하는 편이 금전적으로는 플러스인가.

그때. 토우카가 기운차게 손을 들었다.

"선생님, 다 만들었어요."

"음, 어디 볼까."

"여기 있어요."

양손으로 건넨 접시를 받아들었다.

"오오……. 뭐라고 할까, 호쾌하네."

"예."

만화라면 [두둥]이라는 그림문자(의태어)를 넣고 싶어질 법한, 무지막지하게 커다란 초밥이 자리 잡고 있었다. 그리고, 명백하게 밥이 너무 많아서 일부는 김 밖으로 튀어나와 버렸다.

그 점은 토우카도 신경이 쓰였는지 조금 부끄럽다는 듯이 해설했다.

"저기……. 겉보기는 조금 그렇지만, 선생님께서 많이 드셨으면 해서 이런 느낌이 되었어요."

과연. 이런 큰 볼륨은 애정 때문인가.

그렇다면 볼품없다고 웃을 생각은 들지 않는구나. 흐뭇하기는 해도.

"으음, 재료는 뭐야?"

"참치 뱃살이에요. 선생님께서는 가슴을 좋아하시니까 기름기가 많은 걸 골랐어요."

"……호오."

가슴=지방=기름기라는 이야기일까.

아니, 아무리 그래도 그 삼단논법은 무리가 있지…….

하지만 참치 뱃살 자체는 평범하게 좋아했기에, 내 취향이라는 의미에서는 정답이었다.

"그럼 드셔보세요."

"응, 잘 먹겠습니다."

무너지지 않도록 커다란 초밥을 조심스럽게 들었다.

"아, 잠깐만요."

입으로 옮기려는 참에 제지당했다.

"응? 왜 그래?"

"좋은 게 떠올랐어요."

"좋은 거?"

"정확하게는, 제가 하고 싶은 거지만요."

토우카는 어렴풋이 뺨을 물들이고는 올려다보는 시선으로 말했다.

"그게, 모처럼의 기회니까 『아─앙』을 해도 될까요……?"

"토우카가 먹여주겠다는 거야?"

"예. 선생님의 손은 만화를 그리기 위해서만 사용해주셨으면 좋겠다, 싶어서요."

엄청난 압박 플레이구나, 그건……. 너무 불편하다.

그러나 토우카의 후의를 허사로 돌리는 것도 가여웠다.

또한 『아─앙』이라는 단골 이벤트를 소화하는 건 실제로 상당히 좋은 안이었다.

커다란 초밥을 다시 접시에 내려놓고, 나는 순순히 고개를 끄덕였다.

"알았어. 그럼 잘 부탁해."

"감사합니다. 맡겨주세요."

"──어, 잠깐, 정말로 할 거야?"

치즈루가 황급히 끼어들었다.

"물론이에요. 초밥집 『토우카』의 특별 서비스예요."

토우카는 가슴을 펴고 대답했다.

"뭐야, 그거. 서비스가 지나치잖아!"

"손님을 가능한 한 돌봐주는 게 저희 경영방침이에요."

"엄청난 가게 아냐?!"

확실히. 로리가 만들어준 초밥을, 로리의 손으로 먹여주는 가게.

실제로 오픈한다면 번창할 게 틀림없었다.

하나 문제가 있다면 법적으로 아웃이라는 것이었다. 치명적이라고.

"어쨌든 지금은 제 차례예요. 치즈루는 끼어들지 말아요."

"으윽……. 알았어."

토우카가 주의를 주자 치즈루는 떨떠름하게 물러났다.

"그럼, 다시. ……아, 하지만 이대로는 미묘하게 거리가 머네요. 일단 그쪽으로 갈게요."

맞은편에 앉은 채로는 서로가 앞으로 잔뜩 숙인 자세를 취해야만 했다.

토우카는 식탁을 빙 돌아서 내 바로 옆으로 이동했다. 그리고 커다란 초밥을 자그마한 양손으로 단단히 붙잡고 간장을 톡톡 찍어서 내 입가로 가져다 댔다.

"선생님, 아—앙."

"아—앙."

더없이 먹기 힘들었지만 기합으로 삼분의 일 정도 베어 물었다.

턱 밑에 받친 양손으로 밥풀이 몇 개 떨어졌다.

씹으니 입 안에서 김과 밥과 참치가 절묘한 하모니를 연주했다.

"——오오, 진짜 맛있어!"

역시 초고급 재료로구나. 참치는 혓바닥 위에서 녹아내리듯 사라졌다.

김의 풍미나 식감, 밥의 부드러움도 더할 나위 없었다.

진짜 장인이 만든다면 좀 더 맛있을지도 모르겠지만, 이쪽은 기술 대신에 토우카의 애정이 플러스되었다. 비교한다면 당연히 초밥집 『토우카』의 압승이었다.

"우후후, 그러시다니 정말 기뻐요."

토우카는 무척 기뻐하며 미소 지었다.

"자, 한 입 더요. 아—앙."

덥석. 우물우물. 꿀꺽. 덥석. 우물우물. 꿀꺽.

도합 세 입으로 어떻게든 위장에 집어넣었다. 맛은 좋지만 역시 무겁구나…….

마음속으로 그런 생각과 함께 쓴웃음을 지으며 차를 마셨다.

그러자 토우카는 싱긋 미소를 지으며 예상 밖의 말을 꺼냈다.

"그럼 선생님, 계산을 해주시겠어요?"

"어? 돈 받는 거야?"

"돈이 아니에요. 저희 가게의 계산은 머리를 쓰다듬어주는 거예요."

"오, 참신하네. 그걸로 경영이 성립되나?"

"도락으로 하고 있어서."

도락(道樂)으로. 이만큼 여자초등학생과 어울리지 않는 말도 없을 거야.

"그럼 참치는 몇 초지?"

"으음, 5초——아뇨, 역시 10초예요."

"이게 진짜 시가라는 거네."

"아하하, 재치 있어요! 역시 선생님!"

"그럼, 잘 먹었어. 정말 맛있었어."

10초 동안 토우카의 머리를 쓰다듬었다.

감촉이 좋은, 찰랑찰랑하는 머리카락. 정말로 서비스 만점인 가게구나.

"감사합니다."

손을 떼자 토우카는 만면의 미소로 꾸벅 인사했다.

"그럼 다음 초밥을 만들게요."

"아, 다양한 종류가 먹고 싶으니까 다음에는 밥을 좀 적게

해줘."

"알겠습니다."

척 경례를 붙이고(뭔가 다르지만 귀여우니까 됐어) 처음 위치로 돌아갔다.

"그럼 다음은 내 차례네."

교대하는 모양새로 치즈루가 옆으로 다가왔다.

들고 있는 접시에는 깔끔하고 가느다란 초밥.

토우카와는 대조적으로 여자아이다운 조신함이 느껴졌다.

치즈루는 셋 중에서도 가장 단아함이 부족하지만 의외로 꼼꼼하구나. 토우카도 어쩐지 대담한 면이 있었으니, 손말이 초밥에는 그 사람의 본질이 드러나는 걸지도 모르겠다.

단면에서는 갈색과 녹색이 보였다.

"이건 장어랑 오이?"

"그래. 이른바 아나큐(일본어로 장어를 뜻하는 아나고와 오이를 뜻하는 큐리를 합친 말. 고급스러운 초밥 중 하나로 꼽힌다)라는 녀석이야."

"아, 어디서 들은 적 있어."

"사실 하루한테는 오이만 넣어주는 게 어울리겠지만, 이번 모임을 제안해준 걸 생각해서 특별히 장어도 넣어줬어."

"과연. 이름을 짓자면 츤데레 말이인가."

"――뭐어?! 그, 그 네이밍은 대체 뭐야! 아나큐라고 그랬잖아!"

"아, 그래? 그건 참 안타깝네."

"안타까운 건 네 머리야. 어떻게 하면 그런 웃기지도 않는 발상이 가능한 거야?"

"그게 말이지, 아까 장어를 좋아한다고 그랬잖아? 그러니까 자기가 좋아하는 걸 나한테 먹여주고 싶다는 기분이 드러난 게 아닐까, 그런 생각이 들어서."

"——……따, 딱히 그런 거 아니거든! 됐으니까 얼른 먹어!"

거칠게 말을 쏟아내는 치즈루. 제대로 맞힌 걸까.

"초밥집『치즈루』는, 아키하바라에 오픈하면 인기가 있을 것 같아요."

토우카는 냉정하게 그리 코멘트했다.

내 교육의 결실인지 츤데레라는 존재를 상당히 잘 알게 된 듯했다.

나도 마음속으로 동의하고는 "잘 먹겠습니다"라며 초밥을 손에 들었다.

"자, 잠깐만 기다려."

냉큼 먹으라고 그러는가 싶더니 이번에는 어째선지 멈춰 세웠다.

치즈루는 얼굴을 붉게 물들이고 작은 목소리로 말했다.

"내, 내가……, 먹여줄 테니까."

"어, 초밥집『치즈루』도 그런 서비스를 해주는 거야?"

"……오, 오늘만, 특별 서비스니까 말이지."

그걸 본 사나가 웃으며 태클을 걸었다.

"야옹, 치즈루 약삭빠르다옹."

"윽——사나한테는 그런 말 듣고 싶지 않거든!"

응, 이에 대해서는 참으로 치즈루가 옳다.

아니, 치즈루는 대부분의 일에 올바르지만.

하지만 부끄러워할 건 없다고 생각했다.

만화 및 엔터테인먼트에서『약삭빠름』은 무기였다.

왜냐면 그건 즉,『알기 쉬움』이며『왕도』로 이어지기 때문이다.

그러니까『약삭빠름』을 두려워하지 말지어다.

기발한 행동을 하는 것보다 먼저『정석』을 추구하는 편이 훨씬 낫다.

……라는 조언을, 전에 유리가 해준 적이 있었다.

뭐, 이론을 알더라도 그걸 실천할 수 있느냐면, 그건 꽤나 어렵거든…….

먼 곳을 바라보며 생각에 잠겨 있자니 초밥을 손에 든 치즈루가 말했다.

"자, 입을 벌려."

"아—앙, 이라고 안 해줘?"

"……아, 아—앙."

귀여워. 나는 싱글싱글 웃으며 절반 정도를 덥석 입에 넣었다.

그 순간, 달고 감칠맛 나는 소스의 맛이 입 안에 퍼졌다.

부드러운 장어가 밥과 절묘하게 어울려서,

"──오오, 예상했던 것보다 맛있어!"

사각사각하는 오이의 식감도 좋은 악센트가 되었다.

"……흥, 당연하잖아."

치즈루는 만족스레 가슴을 폈다.

"자, 나머지도 먹어버려. 아─앙."

덥석. 우물우물. 꿀꺽.

"후후, 어쩐지 동물한테 먹이를 주는 것 같아서 생각했던 것보다 즐겁네."

……그 예시는 조금 그렇지만 기분은 좋아 보이니, 뭐 상관없나.

"잘 먹었습니다. 계산은?"

"그러네. 그럼 토우카랑 똑같이 머리를 쓰다듬어주면 돼. 딱히 그랬으면 좋겠다는 건 아니지만 공짜로 주는 것도 아니꼬우니까."

"알았어. 시간은?"

"10초──아, 역시 15초로."

"예?! 잠깐만요!"

치즈루의 요구에 토우카가 이의를 제기했다.

"아나큐에 그 가격은 바가지 아닌가요? 저는 참치 뱃살로 10초였어요!"

"우리 가게는 시세보다 비싸거든."

……시세라. 적정한 가격을 전혀 알 수가 없네.

"그런 건 치사해요! 장사는 제대로 해야죠!"

"내가 직접 만들었으니까 비싸지는 건 당연해. 그리고 치사한 것 같다면 토우카도 비싸게 받으면 되잖아."

"으읏……, 알겠어요. 이렇게 되었으니 이제부터는 인플레이션으로 붙어보자고요!"

지불하는 건 난데…….

뭐, 머리를 쓰다듬어주는 걸로 그만이라면 얼마든지 해주겠지만.

"……자, 빨리 해."

"어, 응."

시키는 대로 치즈루의 머리를 쓰다듬었다.

오른손으로는 전체적으로 상냥하게, 왼손으로는 한쪽 트윈테일을 가지고 놀았다.

"……잠깐만, 거긴 만져도 된다고 그런 적 없는데?"

"어라, 싫어?"

포니테일도 그렇지만, 묶어놓은 머리카락을 무심코 만지작거리게 되는 것이 남심이라는 녀석이었다.

"……뭐, 딱히 상관없지만."

"고마워."

허락을 받았기에 시간이 다 가도록 실컷 즐겼다.

같은 머리카락인데도 어째서 이렇게나 남자와는 다른지.

만화에도 이 질감을 가능한 한 표현하고 싶었다.

"……그럼 나도 두 번째 걸 만들게."

손을 떼자 치즈루는 부끄럽다는 듯이 그렇게 말하고는 원래 위치로 돌아갔다.

"야옹, 드디어 내 차례다옹."

이어서 사나가 접시를 들고 다가왔다.

김 두 장 사이의 밥 위에 보석 같은 연어알이 가득했다.

그림 문자를 넣는다면 『반짝반짝』이랑 『주르륵……』의 믹스일까.

"……으음, 이건 또 참신한 모양이네. 무슨 말이라고 해야 할까?"

"군함말이다옹."

그렇다면 어째서 이렇게 되었나. 내가 아는 군함말이랑은 다른데…….

"이 군함, 완전히 대파했잖아?"

"……고양이 손으로는 어려웠다옹."

사나는 고양이처럼 손짓을 했다. 귀여우니까 용서한다.

"그보다도 이래서야 『아—앙』하긴 어렵겠는데……."

집어든 순간에 연어알 등등이 그대로 사방으로 흘러내리겠지.

"야옹……. 초밥집 『사나』도 오라버니한테 먹여주는 서비스를 하고 싶어."

안타까운지 고개를 숙이는 사나.

그러자 마야 씨가 도움의 손길을 건네주었다.

"사나 님. 군함말이는 여기 가늘고 긴 김을 사용하는 거예요."

"야옹……. 그런 비밀병기가."

"이런 느낌이에요."

마야 씨가 능숙하게 연어알 군함말이를 만들었다. 오오, 정말로 유능하네.

사나도 감격해서는 마야 씨를 바라봤다.

"야옹, 마야 씨 굉장해."

토우카와 치즈루도 칭송했다.

"정말 마야는 뭐든 할 수 있군요."

"우리 집에도 마야 씨 같은 사람이 있으면 좋겠다고 생각해."

"아뇨아뇨, 세 분이 투자 센스와 비교하면 대단한 것도 아니에요."

"겸손하지 않아도 된다옹. 이건 대단한 일이다옹. 역시 오라버니의 메이드다옹."

"……그 직함으로 칭찬을 받는 건……. 아뇨, 감사합니다."

마야 씨는 참으로 복잡하다는 태도로 감사인사를 건넸다.

솔직하게 자랑스러워하면 될 텐데. 뭐, 기분은 아플 만큼 잘 알겠지만.

"이런 느낌이냐옹?"

"예, 그래요."

마야 씨에게 지도를 받아, 사나는 군함말이를 다시 만들었다.

참고로 그러는 동안, 토우카와 치즈루는 마야 씨가 만든 초밥을 먹고 있었다.

순서를 어기려하지 않는 모습은 깊은 배려심이 보여서 좋다고 생각합니다.

"다 만들었다옹."

마야 씨가 만든 것과 비교하면 다소 느슨하기는 했지만 누가 봐도 군함말이라고 할 수 있을 모양이었다.

"오오, 맛있겠네."

"야옹."

사나는 득의양양한 표정으로 그 군함말이를 건넸다.

"오라버니. 냐―앙."

"아하하, 아―앙이잖아."

허를 찔려 나도 모르게 웃고 말았다.

"초밥집 『사나』에서는 이게 정식이다옹."

그런가. 그렇다면 따라줘야겠지.

사나의 "냐―앙"에 맞추어 나도 "냐―앙" 하고 입을 벌렸다.

이번에는 한입으로 단숨에 간다.

깨문 순간, 연어알이 톡톡 터지고 끈끈한 감칠맛이 퍼졌다.

"응, 더할 나위 없이 맛있어."

"만세다옹."

사나는 미소를 만개하며 고양이손을 엇갈리는 의문의 포즈를 취했다.

한 번 실패한 만큼 기쁨도 한층 더 큰 느낌이었다.

이것 참, 더는 못 참겠어. 슈퍼 귀여워. 계산 같은 거랑 관계없이 마구 쓰다듬고 싶어.

그러나 불공평하면 안 될 테니 성실하게 "계산은?" 하고 물었다.

사나는 "냐후후"라며 짓궂게 웃고,

"공주님안기, 20초다옹."

"──예엣?!"

"──그게 뭐야?!"

내가 리액션을 하기도 전에 토우카와 치즈루가 경악해서는 소리 쳤다.

"아무리 그래도 그건 도가 지나쳐요! 공주님안기라니, 이미 통화로서는 아웃이잖아요!"

"그래! 적어도 그건 지키라고! 시장을 붕괴시키고 싶어?!"

맹렬히 항의하는 두 사람을 향해 사나는 어깨를 늘어뜨리며 해명했다.

"야옹……. 나도 사실은 싸게 하고 싶다옹."

"그럼 그렇게 하면 되잖아! 가격을 정하는 건 가게 주인이니까!"

"치즈루가 말하는 대로예요!"

"……그건 무리다옹. 높일 수밖에 없는 이유가 있다옹."

"어째서죠?" "어째선데?"

입술을 삐죽이며 불만이 가득해서는 따지고 드는 두 사람.

사나는 내 옆, 즉 마야 씨 쪽을 보고 이렇게 대답했다

"마야 씨의 인건비가 들었으니까."

""──인건비?!""

……과연. 그렇게 나왔나. 나는 웃음을 씹어 삼키며 감탄

했다. 단순히 변명으로 들리기도 했지만, 마야 씨한테도 공로를 돌리겠다는 사나 나름대로의 상냥함이 엿보였다.

"아뇨, 그렇다고 쳐도 너무 비싸요! 제 최신 환율로는, 공주님안기의 1초는 머리 쓰다듬기로 10초에 해당돼요!"

"좀 더 말하자면, 그걸 전부 사나가 받는 것도 이상해! 그럼 마야 씨한테도 제대로 급료를 지불하라고!"

"물론 지불한다옹. 20초 중에 5초는 마야 씨의 권리야."

"예?!"

설마 자신에게 돌아올 줄은 몰랐는지 마야 씨는 눈을 크게 뜨며 놀랐다.

이 흐름에, 역시나 나는 편승했다.

"알았어. 그럼 우선 마야 씨 몫부터 지불할까."

"──사, 사양하겠어요!"

자리에서 일어나 가볍게 팔을 돌리자 마야 씨는 얼굴을 새빨갛게 물들이며 사양했다.

사양이라고 할까, 단호한 거절의 느낌이었다.

물론 나도 농담이었지만……. 그렇게나 싫나. 조금 서글프네.

"야옹? 괜찮아? 오라버니한테 안길 찬스라고?"

"……예. 제 급료는 여러분의 미소만으로도 충분하니까요."

"야옹……. 마야 씨는 정말로 겸손하다옹."

"메이드의 귀감이에요."

"정말로 하루의 전속으로 두기에는 아까운 인재야."

"아뇨……. 저는 그렇게 대단한 사람이 아니에요."

세 사람의 뜨거운 시선에 마야 씨는 부끄러운 듯 고개를 숙였다.

오늘만큼은 마야 씨의 주가, 폭등이었다.

"그럼 어쩔 수 없으니까……. 내가 전부 받을게."

"결국 그렇게 되는 거야?!" "치사해요!"

"그렇게 생각하면, 두 사람도 높이면 된다옹."

"……알겠어요. 그럼 저도 진심을 발휘할게요."

"……그러네. 딱히 공주님안기를 해줬으면 하는 건 아니지만, 그게 시세라면 어쩔 수 없네."

아니, 저기, 그러니까 지불하는 건 난데…….

하지만 여기서 거절하는 건 밥벌레의 불명예였다. 20초를 상한으로 해두고, 나는 하나씩 먹을 때마다 세 사람에게 공주님안기를 해줬다.

"야―옹(황홀)."

"후와……. 이건 정말 굉장해요."

"……뭐, 나쁘지 않네."

손맛이 초밥보다도 이쪽이 메인이 되어버렸지만…….

뭐, 즐거워해준다면 그만이었다.

하지만 아무리 여자초등학생이라고는 해도, 당연히 나름대로 체중은 있는 고로…….

배가 가득 찼을 때에는, 내 팔은 완전히 쓸 수 없는 상태가 되어 있었다.

미안해, 토우카.

오늘은 이미지보드조차 못 그릴 것 같아…….

로리의 로리에 의한, 나(밥벌레)를 위한 사복 패션쇼

CHAPTER

손말이 초밥 이후로 며칠 뒤. 침대에서 뒹굴며 잡지를 팔락팔락 넘기고 있자니 평소처럼 수업이 끝난 교복 로리 삼인조가 놀러왔다(마야 씨는 업무 중).

"다녀왔어요." "실례─." "야옹야옹─."

"어서 와."

셋은 얼른 침대로 올라와서는 내 옆에 딱 자리를 잡았다.

오늘 포지션은 토우카가 오른쪽, 치즈루가 왼쪽, 사나가 등 위였다.

달콤하고, 따듯하고, 부드럽다.

완전히 익숙해진 편안한 감촉에, 숲의 요정과 노니는 듯한 평온함을 느꼈다.

이제는 체온만으로 셋을 구별할 자신이 있었다.

소믈리에가 아니라 로릴리에였다.

……아니, 로릴리에가 대체 뭐냐. 스스로도 참 지독한 어감이구나, 싶었다.

이만큼 세상에 자랑할 수 없는 특기도 드물겠지.

그런 시답잖은 생각에 잠겨 있자니 세 사람이 잡지를 들여다봤다.

"선생님, 뭘 읽고 계세요?"

"패션잡지?"

"그렇게 보이지만 사실은 마도서일 가능성도 있다옹."

"안타깝지만 마도서가 아냐. 치즈루가 정답."

나는 작게 웃고는 컬러풀하고 반짝반짝하는 표지를 보여줬다.

그러자 토우카가 의외라는 표정을 지었다.

"어라, 남성향이 아니라 여성향인가요?"

"응. 좀 더 자세하게 말하자면, 여자초등학생 대상 패션잡지야."

왼쪽 위에는 『여자초등학생』이라는 글자가 찍혀 있었다.

치즈루가 변태를 보는 듯한 눈빛을 보냈다.

"……어째서 그런 걸 읽고 그래. 기분 나빠."

"아니, 만화에 참고가 될까 싶어서."

나로서는 드물게도, 취미와는 전혀 관계가 없이 순수한 자료였다.

어느 고명한 로리 만화가(겸 일러스트레이터)가 여아용 패션잡지 수집을 취미로 삼았다는 정보를 보고, 역시 진짜는 다르구나 감탄해서는 나도 일단 흉내를 내어본 것이었다.

"과연. 선생님의 향상심은 정말 존경스러울 따름이에요."

"……그렇다면 처음부터 그렇게 말하라고. 그럼 딱히 기분 나쁘지도 않잖아."

"오라버니, 대단하다옹."

사나가 칭찬하듯 내 머리를 쓰다듬었다. 그러자 토우카와 치즈루도 뒤따랐다.

"아, 저도 쓰다듬을래요."

"……나도, 지레짐작한 사죄의 표시야."

음. 설마 여아용 패션잡지를 읽었다고 해서 여자아이들이 머리를 쓰다듬어 주리라고는 생각하지 않았다. 솔직히 꽤 나 부끄러운데……. 물론 나쁜 기분은 아니지만.

30초 정도로 손을 떼고, 토우카가 물었다.

"그래서, 실제로 읽어보시니 어떤가요?"

"응, 생각했던 것보다 느낌이 좋아."

내가 가지고 있는 건 코스프레 의상뿐이었기에, 평범한 사 복을 보는 건 도리어 신선했다. 패션에 대한 것 말고도 글자 를 귀엽게 쓰는 법 강좌라든지, 처음으로 브래지어를 고르는 방법이라든지, 다양한 내용이 실려 있어서 재미있었다.

그리고 학급에서의 처세술도 괜찮았다. 『인사는 제대로 하자』라는 기초적인 것부터 『친구가 좋아하는 남자아이랑 은 별로 친하게 지내지 않도록 하자』라는 깊은 내용까지 있 어서, 여자는 초등학생 때부터 큰일이구나 통감했다.

"그런데 오라버니는 어떤 게 좋아?"

내 오른쪽 어깨 정도에 턱을 톡 올리며 사나가 말했다.

"으음, 그러게……."

페이지를 적당히 넘기며 직감으로 대답했다.

"이런 청초하고 여자아이다운 게 좋을까. 아, 하지만 캐 주얼한 것도 버릴 수 없네. 또 소악마계라든지, 스위티 로리도 각자 매력이 있구나."

"……절조가 없어도 너무 없잖아."

치즈루는 질렸다는 듯이 탄식했다.

"뭐, 결국 그 사람한테 맞는 옷이 제일이라는 걸로."

만화와 마찬가지로 패션의 정답은 하나가 아니었다.

TPO에도 좌우될 테니 일괄적으로 어떤 게 좋다고 말하는 건 어려웠다.

"그럼 선생님. 저희한테는 어떤 옷이 어울릴 것 같으세요?"

"——그래. 그야말로 그걸 너희한테 묻고 싶었거든."

"예? 무슨 말씀이세요?"

눈을 끔뻑이는 토우카.

"만화에 나올 때 세 사람한테 어떤 사복을 입혀야 될지 이것 저것 생각해봤는데, 좀처럼 해답이 나오질 않아서 말이지."

"……그게 뭐야. 우리한테는 어울리는 옷이 없다는 말이야?"

자못 불만스레 말하며 치즈루가 입술을 삐죽였다.

"아니, 반대야. ……미안해, 사나. 잠깐 내려와줄래?"

"야옹."

오해를 사서야 큰일이었다.

제대로 설명하기 위해 사나에게 내려와달라며 부탁하고, 나는 몸을 일으켰다.

로리들을 똑바로 마주보며 말했다.

"셋 다 엄청 귀여우니까 어떤 옷이라도 어울려서, 선택지가 너무 많거든."

"""____!"""

로리들은 일제히 얼굴을 화악 붉혔다.

그리고 입가가 헤실헤실 풀어졌다.

"……에헤헤." "……우후후." "……야홍."

으음, 이건 그건가? 귀엽다고 칭찬받아서 부끄러워하는 건가?

어쨌든 무척 기뻐보였다.

잠시 그 헤롱헤롱 상태가 이어지고, 이윽고 치즈루가 입을 열었다.

"……미, 미안해, 하루. 지금 뭐라고 그랬어?"

"어? 안 들렸어?"

"응. 목소리가 작아서 뭐라고 그러는지 잘 모르겠더라."

"그래요. 저도 제대로 안 들렸어요. 선생님, 좀 더 제대로 말씀해주시겠어요."

"야옹. 내 고양이귀로도 미처 파악할 수 없었어. 오라버니, 한 번만 더."

"……뭐, 상관없는데."

헛기침을 해서 목을 가다듬고, 신중하게 다시 말했다.

"셋 다 엄청 귀여우니까 어떤 옷이라도 어울려서, 선택지가 너무 많거든."

"…………." "…………." "…………."

"이번에는 들렸어?"

쓴웃음과 함께 확인하자 셋 다 동시에 고개를 가로저었다.

"안 들렸어요." "안 들렸어." "안 들렸다옹."

……이 녀석들, 틀림없이 들렸을 테지.

패션잡지에서도 알 수 있었듯이, 역시 남자보다도 여자 쪽이 조숙하구나.

초등학생이면서 꽤나 수준 높은 기술을 사용하기는.

보통이라면 여기서 태클을 걸고 끝이겠지만……

괜찮겠지. 그 수법에 어울려주겠어. 로리네 밥벌레를 얕보지 말라고.

나는 싱긋 웃고는 셋을 한꺼번에 끌어안았다.

"──꺅!" "──잠깐!" "──야옹!"

갑작스러운 허그에 놀라서 로리들이 몸을 움츠렸다.

그 반응에 흐뭇해하며 귓가에 속삭이듯 말했다.

"토우카도 치즈루도 사나도──무지막지하게 귀여워."

"""……아으…….""""

"이래도 아직 안 들려?"

"──드, 들렸어요." "나, 나도." "야옹."

수치심이 한계를 넘었을 테지.

로리들은 체념한 듯 말하고는 새빨개진 얼굴로 내게서 거리를 벌렸다.

"──아, 안을 때는 적어도 한마디는 해주세요!"

"──바보! 변태!"

"──야옹! 오라버니, 야해!"

어차차.

부끄러움을 감추려는 의도도 있을 테지만, 생각했던 것보다 평범하게 화를 내고 말았다.

"뭐야, 평소에는 먼저 매달리는 주제에."

"그거랑 이건 다른 이야기에요! 마음의 준비가 안 되어 있으면 너무 두근거려서 심장에 나쁘다고요!"

"그래! 여자아이는 하루와 달라서 섬세하니까!"

"그 말 그대로다옹!"

"……어어, 미안해."

먼저 약은 수단을 사용한 건 너희잖아, 라고 대꾸하는 것도 어른스럽지 않겠지.

손을 맞대며 사죄했다.

너무 지나치게 굴다가 마야 씨한테 고자질이라도 하면 곤란하니…….

게다가 세 사람이 말하는 대로였다.

평소에도 스킨십이 잦다고는 해도 확실히 세심함이 부족했다.

앞서도 말했지만 여자는 조숙했다.

어제 세이프였다고 해서 오늘도 그러리라는 보장은 없었다.

언제까지고 어린아이 취급하면 안 되겠구나…….

진심으로 반성하며 머리를 숙였다.

"정말로 미안해. 두 번 다시 내가 먼저 건드리지 않도록 할게."

그러자 로리들은 동요했다.

"그, 그건 곤란해요……."

"마, 맞아. 딱히 그렇게까지 하라고는 안 했잖아……."

"야옹, 가끔이라면 서프라이즈 허그도 된다옹……"

아—, 정말이지. 하나하나 정말로 귀엽네.

쭈뼛거리는 로리들에게, 나는 웃으며 태클을 걸었다.

"대체 어느 쪽이야."

"……선생님께서 만지고 싶을 때는 언제든 만지셔도 괜찮아요."

"……어쩔 수 없네. 토우카가 그렇게 말한다면 나도 괜찮아."

"……오라버니라면 야한 것도 허락한다옹."

역시 초등학생은 아직 로리구나, 응.

성대하게 탈선해버렸지만 이야기를 원래 방향으로 되돌렸다.

즉, 세 사람의 매력을 좀 더 이끌어낼 옷이란 무엇인가.

로리들과 잠시 대화를 나누고, 나는 이렇게 결론 내렸다.

"이렇게 되었으니 사복 패션쇼를 개최할 수밖에 없겠네."

"아니, 어째서 그렇게 되는 거야……."

치즈루가 날카로운 시선으로 태클을 걸었다.

"역시 사진이나 상상만으로는 한계가 있으니까, 너희가 실제로 입은 걸 보고서 판단하고 싶어."

"그렇다고 해서 우리가 그걸 따를 이유는——."

"알겠어요. 해요."

"야옹, 나도 노력할게."

"……하아……. 예이예이, 나도 어울려줄게."

토우카와 사나가 흔쾌히 받아들여주니 치즈루도 떨떠름하게 승낙해주었다.

이야기가 빨라서 다행이었다.

"고마워. 그럼 미안하지만 각자 사복 준비를 부탁해도 될까?"

"어라, 입을 옷은 저희가 고르나요?"

의외라는 표정인 토우카.

"응. 전에 했던 코스프레랑 다르게 나한테 옷도 없고, 세 사람의 센스도 보고 싶으니까 말이지."

"과연. 리퀘스트 같은 건 있으세요?"

"으음, 굳이 말하자면 가능한 한 다양한 패턴이 보고 싶으려나."

"그럼 모처럼의 기회니까 잡지에 실린 옷을 모조리 보내 달라고 하자."

치즈루가 의견을 꺼냈다.

아무렇지도 않게 굉장한 이야기를 했지만 사나와 토우카는 대수롭지 않게 동의했다.

"야옹, 확실히 그게 빨라."

"그러네요. 마야한테 수배를 부탁하죠."

뭐, 아가씨들의 자본력이라면 과자를 사는 것과 별반 다를 바 없으니까.

나로서는 딱히 새 옷이 아니라도 괜찮은데…….

토우카의 옷은 물론이고 치즈루와 사나 몫도 집에서 보내달라고 하면 충분하다고 생각했다.

하지만 그건 그것대로 나쁘지 않았다. 오히려 그쪽이 즐거울 것 같았다.

나는 싱글싱글 웃으며 일부러 무척 도발적으로 말했다.

"같은 옷을 입으면 어떤 의미로는 모델과 승부하는 거겠네."

"""……!"""

로리들은 헉 숨을 삼켰다.

"뭐, 최고로 귀여운 너희라면 압승해줄 거라고 믿어."

"──예! 선생님의 만화에 실어주시는 이상, 프로 모델이 상대일지라도 질 수 없어요!"

"당연하잖아!"

"우리의 진심을 보여주겠다옹."

주먹을 꼭 움켜쥐며 분발하는 세 사람.

음, 기대되네.

그리고 그로부터 약 한 시간 뒤.

대량의 박스가 내 방으로 옮겨졌다.

내용물은 물론 잡지에 실려 있던 옷이나 액세서리였다.

일하는 와중에 겸사겸사 이걸 준비하다니. 마야 씨, 정말로 유능하네…….

"그럼 옷장을 좀 빌릴게요."

"기대하라고."

"연회 시작이다옹."

로리들이 박스에서 옷을 꺼내서는 옷장으로 들어갔다.

기다리는 동안에 잡지를 체크해서, 세 사람은 어떤 옷을 입을지 이미 결정했다.

스포일러가 되어서야 시시할 테니 나는 굳이 묻지 않았다.

연필과 스케치북을 준비하고 가슴을 두근거리며 기다리길 잠시 후.

"선생님, OK예요! BGM을 부탁드려요!"

"알았어—."

환복을 완료했나. 토우카에게 대답을 하며 나는 리모컨을 조작했다.

초고급 스피커에서 빠른 템포의 곡이 흘러나왔다.

보다 더 패션쇼처럼 꾸미기 위해, 이번에는 음악을 틀기로 한 것이었다.

세 사람이 옷을 고를 때, 나는 열심히 지금 이 플레이리스트를 만들었다.

참고로 애니메이션이나 게임 사운드트랙을 섞은 것이라서 가사는 없었다.

멜로디가 한층 더 커진 참에——문이 천천히 열렸다.

세 사람은 모델 워킹(같은 것)을 하며 여유롭게 내 앞까지 다가왔다.

센터에 선 것은 토우카.

하늘색 미니 원피스에 하얀 레이스가 달린 티셔츠를 겹쳐 입었다. 여름에 어울리는 시원한 색상과, 무엇보다도 비칠 듯한 티셔츠가 멋졌다. 어른스러움과 귀여움이 멋들어지게 조화되어 토우카가 지닌 맛을 더욱 이끌어냈다.

오른쪽에는 치즈루.

꽃무늬 캐미솔에 핫팬츠. 노출도가 높은 차림새였다. 마야 씨가 입으면 불건전한 분위기가 될 테지만 치즈루는 건강미가 느껴지게 소화해냈다. 참으로 활발한 여자아이라는 느낌이었다. 또한 비스듬하게 쓴 노란색 야구모자도 괜찮은 액세서리였다.

왼쪽에는 사나.

검은색 하늘하늘한 블라우스에 역시나 검은색 하늘하늘 미니스커트로 이른바 고스로리에 가까운 차림새였다. 물론 머리에는 고양이귀. 방울이 달린 붉은 초커를 달고 있어서 소악마적인 오라를 발했다. 솔직히 사나한테는 옅은 색이 어울릴 것 같기도 했지만 이건 이것대로 갭이 있어서 매력적이었다.

"오오―, 좋아좋아! 다들 무지막지하게 귀여워!"

심장박동이 빨라지는 걸 느꼈다. 만화가(로리네 밥벌레)로서의 피가 들끓었다.

BGM의 효과까지 더해져 단숨에 최고조가 되었다.

얼른 연필을 움직이며 나는 진심으로 칭찬했다.

"음, 친구다보니 그렇게 느껴지는 걸지도 모르겠지만, 정말로 세 사람 다 모델보다 낫다고 생각해."

적어도 내가 예능기획사 사장이었다면 어떻게든 스카우트할 거야.

"에헤헤, 감사합니다!"

토우카는 만면의 미소를 짓고,

"흐흥, 이런 기회는 좀처럼 없으니까 제대로 눈에 새겨둬."

치즈루는 득의양양하게 가슴을 펴고,

"야옹, 오라버니의 시선을 빼앗았어!"

사나는 중2병을 앓는 아기고양이 같은 포즈를 취했다.

이야, 정말로 좋네. 최고. 물론 평소의 교복차림도 엄청 귀엽고 사복차림을 보는 것도 처음이 아니지만, 나를 위해서 꾸며주었다는 것이 기대 이상으로 큰 감동을 주었다.

"선생님, 혹시 저희가 했으면 하는 포즈가 있으시다면 뭐든 말씀해주세요."

토우카가 원피스 옷자락을 가볍게 잡고 귀엽게 말해주었다.

"고마워. 그럼 우선은 셋이서 손을 잡고 모델 같은 표정을 지어봐."

"모델 같은 표정이 뭔데."

사양 않고 리퀘스트를 하자 치즈루가 미간을 찡그렸다.

"자기 나름대로 적당한 이미지면 돼."

"야옹, 이미지라면 자신있다옹."

사나는 자신만만하게 받아들였다.

"그럼 내 신호에 맞춰서 부탁할게."

"예." "응." "야옹."

"셋, 둘, 하나."

각자 표정을 만드는 세 사람.

토우카는 기품 있는 미소. 치즈루는 꽉 다잡은 표정. 사나는 어째선지 키스를 날리는 표정이었다.

……아, 하지만 입술을 내미는 표정은 확실히 꽤 있었을지도.

뭐, 어쨌든 엄청 귀여웠다. 이대로 속표지 같은 데 써도 괜찮을 것 같았다.

이어서 몇 가지 포즈를 부탁하고 러프를 한 장 그릴 때마다――정확하게는 시간 절약을 위해서, 이미지가 굳어진 시점에서――잇따라 옷을 갈아입혔다.

물론 어느 옷이든 어울려서 나는 다시금 생각했다.

역시 미소녀는 뭘 입어도 귀엽구나.

그러나 열 장 정도 그린 참에, 문득 부족하다는 생각이 들어 손을 멈췄다.

지금 옷은 세 사람 모두 같은 테이스트, 이른바 『스위티 로리』라고 불리는 것이었다.

전체적으로 옅은 색상에 프릴이 풍성하게 장식되어 있었다.

너무 나풀나풀해서 자칫하면 안타깝게 보이기도 할, 상당히 공격적인 패션이었다.

그러나 세 사람은 그것을 멋지게 소화하고 있었다.

인형, 혹은 동화에 나오는 공주님처럼 사랑스러웠다.

그림으로 표현하려니 상당히 큰일이었지만 그만큼 보람은 있고, 귀엽게 그릴 수 있다는 자신이 없지도 않았지만…….

뭘까. 뭔가가 부족했다.

그림으로 표현하는 단계에서 소재의 매력을 몇 퍼센트 잃어버리는 것 같은…….

아니, 물론 사진이 아니니까 완전히 재현하는 건 불가능했다.

하지만 바로 그렇기에…….. 만화에는 만화의 표정이 있다.

리얼보다도 박력 있는 그림.

그렇게 생각지 않을 수 없는, 압도적인 만화라는 건 존재한다.

러프라는 걸 감안하더라도……. 나는 아직 그런 경지까지는 다다르지 못했다.

그녀들의 가련함을 내 그림이 따라가지 못한다고 느껴버렸다.

착각일지도 모른다. 다른 사람이 본다면 그 차이는 알 수 없을지도 모른다.

하지만 내 안에서 백 점이 아님은 확실했다.

그렇다면 대답은 정해져 있었다.

──좀 더 앞으로 가고 싶다.

가슴 속에서 솟구치는 그 감정에 내몰려, 나는 세 사람에게 다가갔다.

"얘들아, 미안한데 조금 이상한 리퀘스트를 해도 될까?"

"예? 뭔가요?" "뭔데?" "야옹?"

어리둥절한 로리들에게 진지한 표정으로 말했다.

"보는 것만이 아니라 자유롭게 만지게 해줬으면 좋겠어."

"──후엣?!" "──뭐?!" "──야옹?!"

얼굴을 붉게 물들이며 말을 잃은 세 사람.

나는 그 침묵을 메우듯 두 팔을 크게 벌리고 영혼의 외침을 내질렀다.

"오감 전부로 너희의 매력을 느끼고 싶어!"

"아니아니, 대체 뭔 소리야?!"

이럴 때, 가장 먼저 반응하는 건 대개 치즈루였다.

트윈테일을 거칠게 붕붕 내저으며 내게 지지 않는 볼륨으로 매도했다.

"넌 대체 어디까지 바보야! 진심으로 신고당하고 싶어?!"

"어라, 안 돼?"

"당연히 안 되지! 그런 건 이상한 리퀘스트가 아니라 그저 변태의 리퀘스트잖아!"

"변태라니……."

치즈루의 주장에 한숨을 내쉬고는 온화한 말투로 달랬다.

"그러니까 전에도 말했을 텐데, 나는 만화가이지 변태가 아냐."

토우카와 사나도 조금 어이가 없다는 듯,

"그러네요. 선생님께서 신사라는 건 치즈루도 이미 잘 알잖아요?"

"그렇다옹. 치즈루는 금세 그렇게 츤츤대다니, 정말로 약삭빠르다옹."

"우와, 이 패턴 또 나왔어! 내가 혼자 투정을 부리는 느낌이 되는 녀석!"

"실제로 그렇잖아요."

"아냐! 이번만큼은 틀림없이 내가 정의니까! 만화를 그리기 위해서 여자초등학생의 몸을 만진다니, 누가 뭐래도 이상하다고!"

"그걸로 조금이라도 선생님의 만화 퀄리티가 올라간다면 딱히 상관없잖아요."

"뭐가 상관없다는 거야!"

"선생님의 만화와 자신의 몸, 대체 어느 쪽이 소중한가요?"

"당연히 내 몸이지!"

날뛰는 치즈루를 보고 사나가 끼어들었다.

"하지만 치즈루, 오라버니가 만지고 싶을 때 언제든지 만져도 된다고, 아까 다들 그랬다옹."

"윽……. 그건, 그거야! 머리를 쓰다듬는다든지 상냥하게 허그한다든지, 그런 자연스러운 스킨십뿐이지 야한 느낌의 녀석은 안 된다고!"

"야옹? 오라버니는 야하게 만지겠다는 이야기는 한마디도 안 했다옹."

"그래, 치즈루."

나는 사나에게 편승하여 치즈루의 착각을 정정했다.

"애당초 내가 만지고 싶은 건 몸이 아니라 옷이니까."

"어? 그런 거야?"

"응. 소재의 촉감이라든지 봉재 방법이라든지, 그런 걸 찬찬히 관찰하고 싶거든."

"……뭐야, 그런 거였구나."

치즈루가 안도의 한숨을 흘렸다.

"정말이지, 헷갈리게 말하지 말라고. 괜히 화냈잖아."

"미안해. 참고로 불가항력으로 조금은 옷 위로 만져버리는 경우도 있을지 모르겠는데, 그 정도는 참아줄 거지?"

"아니, 참아줄 리가 없잖아?!"

"어, 저는 아무 문제없는데요?"

"나도."

또다시 거칠게 말하는 치즈루를 향해 토우카와 사나는 단호하게 말했다.

"안 돼!"

"어째서인가요?" "왜냐옹?"

"……저기, 전부터 주의를 줄까 싶었는데, 두 사람은 아무리 그래도 너무 무방비해."

치즈루는 진지한 표정으로 설교했다.

"아무리 하루가 신사라도 남자라는 건 틀림없잖아? 혹시 마가 낀다든지 해서 이상한 곳에 닿기라도 한다면 어쩌려고 그래?"

그러나 안타깝게도 그 사고방식은 영 통하지 않았는지 두 사람을 고개를 갸웃거렸다.

"이상한 곳이라니." "어디냐옹?"

"으……. 이, 이상한 곳은 이상한 곳이야!"

"좀 더 구체적으로 말해주세요."

"제대로 말하지 않으면 모른다옹."

"으으……. 그런 소릴 해도 부끄러워서 못 말한다고!"

치즈루는 수치심에 뺨을 물들이며 살짝 눈물을 머금고서 소리쳤다.

로리가 로리를 말로 몰아붙이다니……. 무척 귀중한 광경이었다.

아니, 토우카와 사나에게 악의는 없고 그저 순수하게 질문하는 것뿐일 테지만.

어쨌든 재밌는 시추에이션이었기에 전력으로 연필을 움직였다.

"그보다 저도 전부터 말하려고 했는데, 치즈루는 조금 위기감이 부족한 것 같아요."

이번에는 토우카가 치즈루에게 설교할 턴이 되었다.

BGM도 마침 차분한 계열로 바뀌었다.

"무, 무슨 말이야?"

"저희 포지션을 빼앗으러 올 사람이 있을지도 모른다는 이야기에요."

"……우리 포지션?"

"그래요. 인기가 없는 캐릭터가 레귤러에서 제외된다. 만화에서는 자주 있는 일이에요."

곤혹스러워하는 치즈루에게 토우카는 차근차근히 설명했다.

"예를 들자면, 혹시 저 잡지에 실린 모델 여자아이들이 선생님과 만난다면 어떻게 될 것 같아요?"

"……딱히 아무 일도 없겠지."

치즈루가 자신 없는 태도로 대답했다. 참고로 나 역시 동감이었다.

그러나 토우카는 고개를 저으며 한숨을 내쉬고는,

"하아……. 정말로 무르네요. 그렇게 물러서야 어떻게 할지 걱정이네요."

"……그럼 정답은 뭔데?"

"그야──당연히 선생님을 밥벌레로 삼으려고 하지 않을까요."

너무나도 예상 밖의 대답에 나는 무심코 뿜을 뻔했다.

하지만 지금은 내가 말을 꺼내면 안 될 장면이었기에 필사적으로 참았다.

그 대신에, 라고 할 것도 아니겠지만, 치즈루는 맹렬하게 항의했다.

"아니, 어째서 그렇게 되는 건데?!"

"선생님만큼 매력적인 남성이 있다면 밥벌레로 삼아야겠다고 생각하는 건 당연하잖아요?"

"당연한 거야?!"

"어째서 놀라는 건가요. 실제로 치즈루도 그렇잖아요?"

"으……. 그건 뭐, 그렇지만."

우물쭈물 인정하는 치즈루. 부정할 거라 생각했기에 조금 기뻤다.

"하지만 그건 우리가 특별한 것뿐이지 다른 여자애들은 그런 생각 안 해."

"예, 물론 모든 여자가 그렇다고 하진 않겠어요. 밥벌레를 기르려면 경제적인 여유가 필수 불가결하니까요. 하지만 모델이라는 건 성공하면 나름대로 수익을 얻는 직업이에요."

"──아."

"간신히 알아차린 모양이네요."

……나는 전혀 모르겠다. 아니, 말하려는 바는 알겠지만.

나를 밥벌레로 삼고 싶어 하는 로리는, 전 세계에서도 오직 지금 여기 있는 세 사람뿐이겠지.

"그렇게 되었을 때, 선택하는 건 선생님이세요. 그리고 굳이 말할 것도 없이, 모델은 화사하고 귀여워서 만화 캐릭터로서도 빛날 거예요. 하지만 안타깝게도 만화에 나올 수 있는 인원수에는 한도가 있어요. 포지션이란 그런 의미예요. 저희보다 모델 쪽이 낫다고 여겨진 뒤에는……, 무시무시하겠죠?"

아니, 그것도 단연코 있을 수 없는 일이었다.

설령 세계 제일의 모델이 상대일지라도 나는 그녀들을 선택할 것이다.

뭐, 여기서 그런 말을 해봐야 이야기가 복잡해질 것 같았기에 굳이 끼어들지는 않겠지만.

"그러니까 늘 신세를 지는 만큼 갚아드리기 위해서라도, 저희에게 가능한 일은 뭐든 해야만 해요."

늘 신세를 지는 건 아무리 생각해봐도 내 쪽이지만, 이것도 굳이 지적하지 않았다.

"게다가 선생님의 요청은 무척 합리적인 내용이에요. 저희는 사진이 아니라 지금 바로 이곳에 있으니까요. 그 메리트를 살리지 않고서야 어쩌겠어요."

"으으……. 하지만 역시 마음대로 만져도 된다고 그러는 건, 여자로서 그냥 넘길 수 없는 일이야. 설령 하루에게 꺼림칙한 기분이 없다고 해도."

"그럼 치즈루는 모델에게 져도 괜찮나요?"

"…………."

"나는 싫다옹."

입을 꾹 다문 치즈루를 향해 사나가 말했다.

"오라버니의 최고는, 계속 우리 세 사람이었으면 좋겠다옹."

토우카의 이론적인(?) 설득부터 사나의 감정적인 호소까지.

필살의 콤비네이션이었다. 이건 이미 함락된 거나 마찬가지네…….

BGM도 그 상황을 헤아린 듯이 뜨거운 것으로 바뀌었다.

모 애니메이션에서 주인공이 승리 패턴에 들어갔을 때에

흐르는 녀석이었다.

"사나, 잘 말했어요. 저도 완전히 동감이에요."

양쪽 주먹을 꼭 쥐고서 토우카가 뜨겁게 선언했다.

"선생님은 저의——저희의 밥벌레예요!"

"그렇다옹! 오라버니는 누구한테도 넘겨주지 않겠다옹!"

"그러기 위해 셋이서 협력해서, 선생님께 최고의 환경을 준비해드려요!"

"치즈루의 힘이 필요하다옹!"

"——아아, 정말! 예예, 알았다고!"

치즈루는 머리를 감싸쥐고 하늘을 향해 외쳤다.

"어디든 내키는 대로 만지면 되잖아!"

그런 연유로, 호의를 기꺼이 받아들여.

그 후로 내키는 대로 만졌다. 물론 상냥하게 신사적으로.

치마 안감을 보기 위해서 훌렁 뒤집는다든지 타이츠 촉감을 알아보기 위해서 허벅지를 쓰다듬기도 했지만, 만화에 필요한 일이니까 어쩔 수 없었다.

세 사람은 부끄럽다는 듯이 뺨을 물들이거나 간지럽다는 듯이 몸을 비틀었지만, 역시 만화에 필요한 일이니까 어쩔 수 없었다.

이것 참…….

만화를 그린다는 것의 깊이를 새삼스럽게 통감했다.

그리고 마무리는 언제나처럼 마야 씨였다.

정신없이 매달린 참에 일을 마친 마야 씨가 왔기에, 나는 문답무용으로 포박 당했다.

그리고 로리들 앞에서 무릎이 꿇리고 밥벌레 재판이 개정했다.

로리로리 변호단 덕분에 어떻게든 사형은 면했지만……. 한동안 로리들에게 일체 스킨십을 하면 안 된다는, 너무도 무거운 판결이 내려졌다.

형기는, 세상에나. 무려 일주일.

"이의 있어요! 너무 길어요!"

"그래. 아무리 하루라도, 조금 더 온정을 베푸는 편이 나을 거야."

"적어도 사흘로 해다옹."

세 사람은 그렇게 상소를 시도해주었다.

하지만 나는 반성의 뜻을 보이기 위해서 굳이 이걸 받아들였다.

"미안해, 얘들아……. 제대로 죄를 갚고 나면 머리를 잔뜩 쓰다듬어줄 테니까."

"──선생님!"

"──하루!"

"──오라버니!"

사실은 이 시점에서, 슬픔을 함께 나누기 위해서 끌어안고 싶었다.

하지만 그럴 수는 없었다.

우리는 고개를 들고 열심히 눈물을 참았다.

"……이래서야 제가 나쁜 사람 같잖아요."

마야 씨가 쓸쓸하게 한숨을 내쉬었다.

그런 생각은 아니었지만, 확실히 구도 상 그런 느낌이었다.

조금 가여웠기에 나는 아이들에게 이렇게 말했다.

"좋아. 그럼 내가 복역하는 중에는 다들 마야 씨한테 어리광을 부리는 거야. 마침 주인공들이 메이드 씨와 함께 노는 장면을 그리고 싶은 참이니까, 그에 참고가 될 거야."

"알겠어요."

"알았어. 나도 마야 씨랑은 좀 더 사이좋게 지내고 싶었거든."

"나도 그렇다옹. 오라버니랑 마찬가지로 마야 씨도 좋아한다옹."

"──예?"

눈을 끔뻑이는 마야 씨에게, 세 사람은 냉큼 매달렸다.

"에헤헤, 마야. 오랜만에 꼭 안아줘요."

"나, 나도 마야 씨가 안아줬으면 좋겠어."

"야옹. 마야 씨 가슴, 엄청 부드럽다옹."

"어어? 아, 잠깐──."

마야 씨는 얼굴을 물들이며 당황해서는 허둥지둥했다.

그리고 기쁨과 부끄러움이 뒤섞인, 무척 온화한 미소를 띠고는,

"정말이지, 어쩔 수 없군요. 차례를 지켜서요."

그러면서 셋을 상냥하게 끌어안았다.

세 사람 다 기분 좋은지 눈을 살며시 감았다.

아아……, 좋구나…….

솔직히 무지하게 부러웠다.

나도 마야 씨의 가슴에 얼굴을 파묻고 싶어…….

진심으로 그리 생각하며 연필을 슥슥 움직였다.

로리의 로리에 의한, 나(밥벌레)를 위한 사복 패션쇼

마지막으로 그린 러프는, 메이드 씨(거유)에게 응석을 부리는 로리들의 모습이 되었다.

이것이 진정한 스위티 로리거든.

……아니, 스스로도 너무하다는 생각에 입 밖으로 꺼내지는 않았지만.

예절 교육(견천)

사복 패션쇼 이후로 딱 일주일이 지난 그날.

나는 정오가 지나서 눈을 떴다.

평소보다 조금 이른 시간이었다. 덕분에 아직 미묘하게 졸린데…….

실내에는 냉방이 돌아가고 있어서, 이불을 몸에 두르니 무척 기분 좋았다.

그렇다면 할 일은 하나밖에 없었다. 망설임 없이 다시 자기로 결단했다.

행복을 느끼며 천천히 숨을 내쉬고 눈을 감았다.

그리고 꿈의 세계로 여행을 떠나려는, 바로 그때.

문 쪽에서 어렴풋이 무슨 소리가 들렸다.

…………뭐지?

아직 덜 깬 머리에서 잠기운을 떨쳐내며 곁눈질로 그쪽을 살폈다.

그러자 문이 슥 열리고 교복차림의 로리 셋이 살금살금 방으로 들어왔다.

…………뭐하는 거지?

그리 생각하면서도, 어쩐지 재미있을 것 같아서 일부터 자는 척하며 지켜봤다.

세 사람은 조금씩 거리를 좁혀 침대 옆으로 다가와서는 서로 소곤거렸다.

"후후, 예상대로 아직 자고 있네."

치즈루가 싱글싱글 웃고.

"그럼 계획대로, 우선은 이불 안으로 들어가 보자. 그리고 5분이 지나도 안 일어나면 얼굴에 낙서를 하는 거야."

어쩐지 불온한 소리를 꺼냈다. 얼굴에 낙서를 한다니. 수학여행이라도 왔냐.

"……치즈루. 역시 이런 건 그다지 좋지 않은 일이라고 생각해요."

토우카가 불안스레 입을 열었다.

"뭐, 어때. 오늘부터 다시 스킨십을 할 수 있는 거니까, 하루도 이상하게 깨워주는 편이 더 기쁘겠지. 형기를 마친 축하 같은 거야."

치즈루의 말을 듣고 깨달았다. 아, 그런가. 그러고 보니 오늘이 해금일이었나.

기대하며 기다려주었느냐고 생각하니 무척 기뻤다.

그렇다고 해서 장난이 정당화되는 것도 아니지만…….

"……선생님, 정말로 기뻐해주실까요?"

"걱정하지 말라니까."

더욱 불안해하는 토우카에게 치즈루가 단언했다.

"가령 기뻐하지 않는데도, 나쁜 건 칠칠치 못한 생활을 하는 하루 쪽이니까. 정의는 우리한테 있어."

아니, 그런 이론이 통할 리가 있겠냐.

밥벌레라도 편하게 쉴 권리는 있다. 오히려 늘어지게 자는 것이야말로 밥벌레의 권리겠지.

"야옹, 그렇게 말은 하지만 사실은 오라버니의 이불 속에 들어가고 싶을 뿐인 거지?"

"──그, 그런 거 아냐!"

사나의 날카로운 지적을, 치즈루는 얼굴을 새빨갛게 물들이며 부정했다.

과연. 낙서는 핑계고 진짜 목적은 그쪽이었나.

그렇다면 솔직하게 같이 자고 싶다고 그러면 될 텐데.

뭐, 그런 츤데레스러운 면이 치즈루의 귀여운 부분이지만.

"쉿, 목소리가 크다옹."

"윽……, 미안해. 하지만 그저 재밌게 깨우려는 것뿐이지 다른 뜻은 없으니까."

"……휴식 중이신 선생님께 장난을 치자니 역시 좀 꺼려지네요."

"그럼 토우카는 안 들어갈래?"

작게 한숨을 내쉬는 토우카에게 치즈루가 물었다.

"들어가기는 할 테지만."

들어오는 거냐.

설마 했던 즉답에 무심코 소리 내어 태클을 걸 뻔했다.

그때 사나가 춥다는 듯 팔을 문질렀다.

"야옹……. 이 방에는 얼음의 정령들이 너무 많이 모여 있으니까, 오라버니를 따듯하게 해주자옹."

어, 냉방이 너무 강한가? 일어나면 좀 약하게 해두자.

"좋아, 그럼 간다."

"예." "야옹."

셋은 소리를 내지 않도록 조심해서 침대로 올라왔다.

신중하게 이불을 들추고 토우카가 오른쪽, 치즈루가 왼쪽, 사나가 다리 쪽에서 살금살금 안으로 들어왔다.

이 시점에서 벌떡 일어나서『이 녀석들!』이라며 혼을 내는 것도 괜찮겠지만, 그래서야 지나치게 평범해서 시시하다.

나는 계속 자는 척을 하며, 주모자인 치즈루의 옆구리로 손을 뻗었다.

"──후왓?!"

부드러운 배 위에서 탭댄스를 추듯 손가락을 간질간질 움직였다.

"아하하하하하!"

치즈루는 순식간에 폭소했다. 격렬하게 몸부림치며 이불을 걷어찼다.

그래도 나는 손길을 멈추지 않았다. 어디까지나 잠꼬대인 척, 계속 간질여주었다.

"아하하하하! 잠깐만, 하루, 그만, 아하하하하하하!"

"──치즈루?!"

"──야옹?!"

토우카와 사나가 몸을 일으키고는 내게 붙잡힌 친구의 모습을 보고 크게 눈을 떴다.

"아하하하, 두, 둘 다, 아하하, 사, 살려줘!"

"예."

"야옹."

두 사람은 내 팔을 붙잡고 치즈루에게서 떼어내려고 했다.

치즈루도 슬슬 괴로운 모양이었기에 나는 타깃을 변경했다.

재빨리 토우카의 옆구리로 손을 집어넣고는 간지럽혔다.

"히얏——아하하하하하하하!"

토우카도 금세 폭소. 치마가 들쳐 올라가는 것도 개의치

않고 다리를 바동바동 움직였다.

"아하하하하, 살, 아하하하, 려, 아하하하하하하!"

"야옹, 토우카!"

또다시 사나가 내 팔을 잡아당겼다.

치즈루는 아직 호흡이 돌아오지 않았는지 새빨개진 얼굴

로 쓰러져 있었다.

적당한 시점에서 토우카를 풀어주고, 이번에는 사나를 목

표로 정했다.

"야오——아하하하하하하하하하!"

이건 내게 장난을 치려고 한 것에 대한 처벌이자, 남자의

침대에 함부로 들어와서는 안 된다는 교훈을 주기 위한 예

절 교육이었다.

"아하하하, 오, 오라버니, 아하하하, 요, 용서해줘, 아하

하하하!"

마음을 강하게 먹고, 제대로 평등하게, 옆구리를 간질여 주었다.

그 결과.

『침대 위에서 뺨을 붉게 물들이고 거친 숨을 몰아쉬는 로리 세 사람』.

그런 상당히 위험한 그림이 그려지고 말았지만……. 뭐, 어쩔 수 없지.

그 후로 셋이 진정된 참에, "백 보 양보해서 이불 안으로 들어오는 건 상관없지만 장난은 금지. 혹시 저지른다면 간지럽힘 당할 각오를 하고서"라고 엄하게 말했다.

"……잘못했어요."

"……이제 안 할게."

"……미안해, 오라버니."

덕분에 세 사람은 반성하고, 내 잠기운도 완전히 사라졌다.

음, 오늘도 기운차게 하루를 시작할 수 있겠네.

로리를 간지럽히는 아침 체조, 추천합니다. 아침은 아니지만.

수영복 성분

간지럽히는 예절 교육이 끝난 뒤.

마침 식사 때가 되었기에 다 함께 점심을 먹게 되었다.

1층 거실로 내려와서 마야 씨도 함께 식탁에 앉았다.

햄버거(패스트푸드가 아니라 가정부 분이 만들어놓은 호화로운 녀석, 무지하게 맛있다)를 한 입 먹은 참에, 나는 이야기를 돌렸다.

"그런데 오늘은 좀 빨리 놀러왔네?"

아이들이 수업을 마치고 돌아오는 건 대개 3시 넘어서였다.

업무 등의 사정으로 늦어지는 경우는 있어도 빨리 오는 건 드문 일이었다.

그러니까 학교에서 무슨 일이 있었는지. 조금 신경이 쓰였다.

"오늘은 종업식이었을 뿐이에요."

토우카가 쾌활하게 가르쳐주어, 의문은 시원스레 풀렸다.

"아, 그런가. 그러고 보니 벌써 그런 시기인가."

조금만 생각해보면 알 수 있을 일이었지만, 밥벌레가 된 이후로는 날짜 감각이 사라졌기에 거기까지는 전혀 생각이 미치지 않았다.

"그럼 다들 내일부터는 여름방학이라는 건가?"

"그래요."

"좋겠다ㅡ."

"아니, 하루가 부러워하는 건 이상하잖아. 너는 매일매일 이 일요일인데."

치즈루가 어이없다는 표정으로 태클을 걸었다.

"우와, 너무해. 전국의 전업주부들한테도 같은 말을 할 수 있겠어?"

"전업주부와 밥벌레를 똑같이 취급할 리가 없잖아."

그렇겠지요. 전업주부 여러분, 정말 실례했습니다.

"하지만 오라버니의 경우에는, 놀이도 어떤 의미로는 일이다옹."

사나가 다정하게 내 편을 들어주었다.

"그렇군요."

토우카도 뒤를 이었다.

"꿈속에서도 원고를 그리실 정도시니, 반대로 전혀 휴식이 없으시다고 할 수도 있어요."

"확실히 그렇게 볼 수도 있겠네."

나는 크게 고개를 끄덕였다.

『밥벌레=일하지 않는다』라는 것은 참으로 단편적인 사고였다.

"야옹, 밥벌레는 사실 블랙 직종?"

······아니, 아무리 그래도 그런 발상은 좀 아니겠지만.

"설령 24시간 근무라고 해도 토우카네 밥벌레라면 화이트 직종이야."

"우후후, 감사해요."

쓴웃음을 섞어가며 정정하자 토우카는 기쁜 듯 미소 지었다.

"그보다 일 운운은 제쳐놓더라도, 하루는 조금 더 제대로 된 생활을 보내는 편이 좋지 않을까? 밤낮이 역전된 생활은 절대로 건강에 좋진 않잖아."

"어어……, 그게 말이지."

치즈루의 지적에 나는 떨떠름한 표정을 지었다. 이건 꽤나 찔리는 말이었다.

나도 가능하다면 일찍 일어나고 일찍 자는 생활을 보내고 싶었다.

하지만 유감스럽게도 심야에 작업을 하는 게 더 순조롭다 보니 습관을 고치기 어려웠다.

"밤낮이 역전된 것도 그렇지만, 저로서는 운동부족도 걱정되네요."

마야 씨가 그렇게 입을 열었다.

"계속 집에 있기만 할 뿐이니, 조금이라도 밖에서 몸을 움직이는 게 어떨까요?"

"어어─, 하지만 일일이 옷을 갈아입는 게 귀찮잖아."

"……거기서부터 시작인가요."

"게다가 마라톤이라면 기분이 내킬 때 하기도 해."

"어? 그랬나요……?"

"응. 바로 요전에도 열 시간 마라톤을 한 적 있고."

"──열 시간, 그건 굉장하네요!"

"야옹, 오라버니는 신체능력도 높으냐옹?"

순수하게 감탄해주는 토우카와 사나. 참으로 좋은 리액션을 보여주는구나…….

반면에 치즈루는 날카로운 시선으로 태클을 걸었다.

"마라톤은 마라톤이지만 애니메이션 마라톤, 같은 이야기는 아니겠지?"

"…………."

나는 말없이 고개를 돌렸다.

"적중했네……."

"그런 걸 하고 있으니까 운동부족이 되는 거겠죠……."

치즈루와 마야 씨는 질렸다는 듯이 한숨을 내쉬었다.

……참고로 내 명예를 위해서 변명하자면, 그저 애니메이션을 보기만 한 것은 아니었다.

이미지보드를 그리며 BGV, 백그라운드 비디오로 틀어둔 것이었다.

"하지만, 애니메이션이라고 해도 열 시간 연속으로 보다니, 굉장하다고 생각해요."

"그렇다옹. 평범한 사람은 그런 걸 하자는 생각도 안 한다옹."

이 감언(甘言) 콤비는 정말로, 내게는 한없이 상냥하구나…….

"공부에 열심이라는 건 인정하겠지만, 역시 생활습관은 바꿔야 돼."

"그래요. 적절한 운동을 하고 규칙적으로 생활한다면 컨디션도 쉽게 무너지지 않을 테니까요."

그리고 이쪽의 고언(苦言) 콤비도, 이러니저러니 해도 상냥했다.

말투 자체는 질타하는 듯한 느낌이었지만 마음을 써준다는 것이 잘 전해졌다.

덕분에 감언 콤비도 동조했다.

"확실히 체력이 있어서 나쁠 건 없겠네요."

"야옹, 그건 진리야. 그러는 편이 잔뜩 놀 수도 있을 테고, 좋은 느낌이다옹."

네 사람이 이렇게 말하니 나도 진지한 표정으로 검토할 수밖에 없었다.

크리에이터도 최후에는 체력승부, 같은 말도 있으니.

게다가 여름방학 중에는 아이들의 리듬에 맞추는 편이 여러모로 나을 테지.

좋아. 지금은 일단 한 번 노력해볼까.

"일단 밤낮이 역전된 상황부터 고칠게. 그렇게 하면 오전부터 놀 수 있을 테니까."

"와, 그것참 멋져요!"

내 선언에 토우카는 눈을 반짝였다.

"놀이가 동기라는 게 좀 그렇지만."

치즈루는 고지식하게 태클을 걸면서도 기쁜 듯 느슨히 뺨을 풀었다.

"시공을 일그러뜨리는 금단의 마법……. 어렵겠지만 오라버니라면 분명 할 수 있을 거다옹."

사나는 독자적인 해석을 삽입하며 나를 응원해주었다.

호의적인 반응을 받고 기세를 더하여 계속 말했다.

"그리고 정기적으로, 다 같이 몸을 움직이는 놀이를 하자."

"……조깅을 한다든지 그런 게 아니라 어디까지나 놀이로 하는 거군요"라는 마야 씨.

"그게 말이지, 그렇게라도 안 하면 계속 못 하겠는걸."

일단 말해두자면, 나는 딱히 운동을 싫어하는 건 아니었다. 단순히 만화나 게임보다 우선순위가 낮을 뿐이다.

시간이 한정된 이상, 더욱 즐거운 쪽을 선택하는 건 당연했다.

"괜찮다고 생각해요. 저희도 즐길 수 있으면 그만큼 만화에 살릴 수 있을 테고."

"그러네. 어쩔 수 없으니까 어울려줄게."

"야옹, 나도 찬성—."

로리 세 사람은 기꺼이 내 제안을 받아들여주었다.

"그럼 쇠뿔도 단김에 빼라고, 식사하고 잠깐 쉰 다음에 오늘은 다 같이 운동할까."

"예. 구체적으로는 뭘 하나요?"

"어, 그게 말이지—."

토우카의 질문에 나는 생각에 잠겼다.

"열사병의 리스크를 생각하면 실내에서 할 수 있는 게 나으려나."

"체육관 경기라는 이야기네."

치즈루가 맞장구를 쳐주었다.

"야옹, 농구라든지 배구라든지?"

흔들흔들 허공에 대고 드리블을 하는 사나.

"아니, 그런 쪽은 손가락이 삘 위험성이 높으니까 다른 게 좋겠어."

"그러네요. 선생님의 손은 국보보다도 소중히 다뤄야해요."

"……과장스럽긴 하지만, 정론이네."

"인간문화재가 아니라, 오라버니 문화재다옹."

오라버니 문화재가 무슨 뜻인지 잘은 모르겠지만, 납득해 준 것 같아서 다행이었다.

"그리고 가능하다면 슬슬 수영복 성분을 보충하고 싶은 참이야."

"……수영복 성분이 뭔가요?"

고개를 갸웃거리는 토우카에게 나는 진지한 표정으로 대답했다.

"여자아이의 수영복차림을 보는 걸로 보충되는 성분이야."

"바보 아냐?"

치즈루가 진지한 표정으로 매도했다.

"야옹, 그러니까 수영장 말이냐옹?"

"응, 그것밖에 없겠네."

내가 바라던 답을 사나가 말해주었기에 힘껏 고개를 끄덕였다.

"확실히 수영이라면 모든 조건을 충족하는군요."

토우카도 납득했다는 듯 고개를 끄덕였다.

"……그렇다면 처음부터 그렇게 말하면 되잖아."

치즈루는 한숨을 쉬고는 태클을 걸었다.

아니, 기분은 알겠지만 이것 역시도 필요한 절차였다. 최저한의 핑계가 없으면 기각 당할지도 모르니까 말이지, 선도위원 같은 메이드 씨한테.

좋은 흐름이 되었으니 마무리에 나섰다.

"그럼 오늘은 수영장에 가는 걸로 하면 되겠지?"

"예, 선생님께서 바라시는 대로요."

"수영하는 건 좋아하는 편이니까 딱히 상관없어."

"오라버니의 수영복차림, 기대된다옹."

……내 수영복차림에 수요가 있을 것 같지는 않다만, 어쨌든 이의가 나오지는 않았다.

잘 풀렸다. 이것으로 이긴 거나 마찬가지였다.

"……그런데, 그럼 저도 가야되는 건가요?"

수영복을 입는 것에 저항이 있는지 마야 씨가 쭈뼛쭈뼛 손을 들었다.

"당연하잖아"라는 나.

"급한 업무가 없다면 꼭 같이 와줘요. 선생님은 여자탈의실에 들어오실 수 없으니까, 무슨 일이 생길 때를 대비해서 마야가 있어주면 좋겠어요"라는 토우카.

"그러네. 하루가 폭주할지도 모르니까 마야 씨가 있으면 안심이야"라는 치즈루.

"야옹, 마야 씨도 같이, 놀래?"라는 사나.

나는 제쳐놓고, 세 사람의 요청을 마야 씨가 거절할 리 없었다.

조금 부끄러워하는 태도로, "⋯⋯알겠습니다"라며 받아들였다.

그렇게 되어. 식사를 마치고 한 시간 남짓 휴식을 취한 뒤.

마야 씨의 운전으로, 우리는 어느 최고급호텔에 도착했다.

이 호텔의 45층에 회원제 스파가 있다나.

가능하다면 비어 있는 곳이 좋겠다고 그랬더니 토우카가 골라준 곳이었다.

접수를 하고 탈의실에서 옷을 갈아입었다.

"⋯⋯오오, 쩌네."

덱 체어가 몇 개나 설치된 풀사이드에 서서 감탄사를 흘렸다.

헤엄칠 수 있는 공간은 20미터의 수영장 하나뿐이었다.

그렇기에 빈말로도 넓다고 하진 못하겠지만⋯⋯. 무척 럭셔리한 공간이었다.

도쿄를 훤히 내려다볼 수 있는 유리창. 쓸데없이 커브를 그리는 화려한 조명. 여기저기 배치된 열대식물. 그 모든 것들이 스페셜한 분위기를 연출하고 있었다.

천장은 무척 높아서 3층 높이 정도로 뻥 뚫려 있었다.

그것을 살리려고 했는지 작은 워터 슬라이드가 있었다.

다른 손님은 없었다. 전세를 냈으니까 당연했다. 부자가 거리낌 없이 놀 수 있도록 만든 시스템으로, 연예인 같은 사람들도 많이들 이용한다나.

그리고 나보다 5분 정도 늦게.

천사 셋과 여신 하나가 강림했다.

내 리퀘스트에 따라 모두 새로운 수영복이었다.

신선한 녀석인 편이, 더욱 효율적으로 수영복 성분을 보충할 수 있을 테니까.

"선생님, 기다리셨죠."

조금이라도 나를 기다리게 만들고 싶지 않다는 마음의 표현이겠지.

토우카가 선두에 서서 이쪽으로 걸어왔다.

물방울무늬 수영복이었다.

허리는 스커트 모양으로 되어 있어서 여자아이다운 가련함이 있었다.

"헤에, 썩 나쁘지 않네."

주위를 두리번두리번 둘러보며 치즈루가 이어서 다가왔다.

이쪽은 줄무늬 비키니.

오른쪽 손목에 같은 색 슈슈를 차고 있어서, 그것이 좋은 포인트가 되어주었다.

"야옹, 오라버니 수영복, 이번에도 멋있어."

사나는 양손을 뺨에 대고서 얼른 내 수영복을 칭찬해주었다.

155

……역시나, 라고 해야 할까. 설마 했던 하얀색 학교수영복이었다.

만화 같은 데서는 이따금 봤다지만, 실제로 하얀색 학교수영복을 보는 건 처음이야…….

참고로 내 수영복은, 정글에서 득의양양한 표정을 짓고 있는 고릴라가 그려진 서핑 팬츠.

사나의 센스는 여전히 의문이었다.

"으으……."

마지막은 물론 가슴 담당인 마야 씨.

로리들의 뒤에 숨으려는 것처럼 몸을 잔뜩 움츠리고서 걸어왔다.

세상에나, 선수용 수영복이었다. 기능성을 중시한 수영복이라 색기는 조금 부족한……, 상태일 리는 물론 없었다. 탄탄하게 조이면서 몸의 라인을 한층 더 아름답게 강조했다. 한마디로 말해서, 굉장했다. 이것 참, 입고 있는 옷을 야하게 보이도록 만드는 데에는 천재구나. 참고로 이번에는 수영이 메인이어서 그런지 앞치마는 없었다. 살짝 아쉬웠다.

"자, 다들 여기 일렬로 서—."

인솔하는 선생님처럼 손짓하며 횡대로 서도록 지시했다.

"예." "야옹."

토우카와 사나는 기분 좋게 대답하며 순순히 따라주었다.

덕분에 치즈루와 마야 씨도 그에 이끌리는 형태로 응해주었다.

오른쪽부터 토우카, 사나, 치즈루, 마야 씨 순서였다.

음, 훌륭하다. 제대로 눈에 새겨두고, 나는 입을 열었다.

"어—, 지금부터 다 같이 이 수영장에서 즐겁게 놀 텐데, 그 전에 감사인사를 드리겠습니다."

깊숙이 머리를 숙이고,

"감사합니다! 덕분에 부족했던 수영복 성분을 보충할 수 있었습니다! 여러분의 수영복차림, 정말 귀여워요! 여기가 바로 도시의 오아시스입니다!"

"에헤헤, 저야말로 감사드려요! 선생님께 도움이 될 수 있어서 기뻐요!"

머리카락을 찰랑찰랑 흔들며, 토우카는 예의바르게 꾸벅 허리를 숙여 답례해주었다.

"야옹, 보기도 하고 보여주기도 하고……. 윈윈 관계다옹."

사나는 부끄럽다는 듯 입가에 손을 대고 이쪽을 흘끗흘끗 쳐다봤다.

"따, 딱히 나는 하루를 위해서 입은 게 아니지만 말이지! ……그리고 아무래도 상관없지만, 학교선생님 같은 그 캐릭터는 뭐야?"

치즈루는 견본과도 같은 츤데레를 보여주더니 정확하게 태클을 걸었다.

"으으……."

마야 씨는 아무 말도 없이 새빨갛게 물든 얼굴로 우물쭈물했다.

이것 참, 제대로 해주시는군요. 사인사색의 리액션에 나는 참으로 만족했다.

"그럼 수영장에 들어가기 전에, 우선을 준비운동을 할까요."

싱글거리려는 얼굴을 필사적으로 컨트롤하며 사나 쪽으로 몸을 향했다.

"수영장 위원장인 코모리 씨, 이쪽에서 부탁드려요."

"야옹."

사나는 고개를 끄덕이고는 내 옆으로 이동했다.

"……수영장 위원장은 또 뭔데."

"수영장의 질서를 지키는 정의의 위원장이다옹. 아까 오라버니한테 임명받았다옹."

치즈루의 혼잣말에 가슴을 펴고 대답하는 위원장. 자랑스러워하는 모습이 귀여워.

아까, 라는 건 이동 중인 차 안이었다. 문득 묘안이 떠올라서,

『널 수영장 위원장으로 임명할게! 다른 사람들 앞에서 야옹야옹 체조를 하는 거야!』

라며 이런 지령을 맡긴 것이었다.

참고로 야옹야옹 체조가 뭔지는 나도 모른다.

사나라면 틀림없이 좋은 느낌으로 해주리라 믿고 있었다.

"그럼 여러분, 내 뒤를 따르라옹."

그리 말하며 사나는 양손을 고양이손 모양으로 만들었다.

그리고 "야옹야옹야옹 ♪"이라는 말에 맞추어 위아래로

흔들었다.

——이런, 갑자기 엄청 귀여워.

평소에 하는 것과 비슷한 동작이라도 거기에 수영복이라는 요소가 더해지자 또 다른 파괴력을 만들어냈다. 역시 사나에게 부탁한 게 정답이었구나.

허나.

"야옹야옹야옹♪" "…………." "…………."

안타깝게도 순순히 흉내를 낸 것은 토우카뿐이었다.

"치즈루랑 마야 씨, 제대로 하라옹!"

"어어……. 부끄러우니까 싫어……."

사나가 즉시 소리를 지르자 치즈루는 떨떠름한 표정으로 반론했다.

"체조니까 부끄럽지 않다옹!"

그것을 어디까지나 체조라고 단언하는 위원장, 믿음직합니다.

"……저, 저도 말인가요……?"

"당연하다옹. 다친 다음에는 늦다옹."

곤혹스러워하는 마야 씨에게도, 위원장은 용서 없었다. 정말로 믿음직합니다.

"그럼 어째서 하루는 안 하는데?"

"나는 너희가 오기 전에 마쳤으니까."

치즈루의 태클을 가볍게 피했다. 물론 거짓말이었다.

가슴 아프지만, 제대로 모두를 보기 위해서는 그러는 수밖에 없었다.

……그렇다고는 해도, 최저한의 스트레칭만큼은 해두자.

"두 사람 다 위원장이 시키는 대로 하세요. 시간이 아까워요."

토우카가 우등생처럼 주의를 줬다.

"……그보다도 어째서 토우카는 태연하게 받아들이는 거야."

"선생님의 지시니까요. 그것만으로도 따를 이유는 충분하잖아요?"

"토우카가 말하는 대로다옹. 말대답하지 말고 진지하게 하라옹."

"……예이예이, 알았어."

"으으……. 아, 알겠어요."

위원장과 우등생이 날카로운 눈빛으로 쳐다보니 치즈루와 마야 씨는 한숨을 내쉬며 받아들였다.

"그럼, 간다옹."

다시 마음을 다잡고, 사나가 좀 전과 같은 동작을 했다.

"야옹야옹야옹 ♪"

이어서 세 사람이 동시에 흉내를 냈다.

"야옹야옹야옹 ♪"

"──야, 야옹야옹야옹!"

"……야……야……옹……야옹."

토우카는 완벽하게 카피, 치즈루는 자포자기한 느낌, 마야 씨는 상당히 소극적이었다.

"야옹, 치즈루는 조금 더 귀엽게. 마야 씨는 좀 더 마음속의 고양이를 드러내는 거다웅."

"으……, 알았어." "……예."

사나의 지도에 두 사람은 얌전히 따랐다. 마음속의 고양이라니…….

그때부터는 이제, 뭐라고 할까, 야옹야옹 파라다이스였다.

"야옹야옹♪ 야야─옹♪" 하고 양손으로 좌우로 흔든다든지.

"야옹야옹─♪ 야야─옹♪" 하고 빙글 돈다든지.

"야야야야─옹♪" 하고 웅크렸다가 점프한다든지 했다.

그 움직임은 체조라기보다도 오히려 댄스 쪽에 가까웠을지도 모르겠다.

덕분에 토우카는 물론이고 치즈루도 점점 즐거워진 모양이라,

""야옹♪ 야옹♪ 야야야─옹♪""

경쾌하게 마음속의 고양이를 활짝 펼쳤다. 귀여워.

"야옹……야옹……야옹……."

마야 씨만큼은 마지막까지 부끄러워하는 기색이 남아 있었지만, 뭐, 이건 이것대로 괜찮구나.

자그마한 손발을 열심히 움직이는 로리들은 그저 사랑스럽고.

가슴을 출렁출렁 흔드는 마야 씨는 그저 야했다.

하아~, 정말로 못 참겠다.

이런 복리후생이 있는 시점에서, 역시 로리네 밥벌레는

초절정 화이트라니까.

　준비체조를 마치고 샤워까지 한 뒤, 드디어 수영장으로
들어갔다.
　공들여 관리되는 거겠지.
　수면에는 먼지 하나 떠 있지 않고 수온도 딱 좋았다.
　"아아, 수영장을 전세 내다니 기분 좋네."
　"예, 무척 쾌적해요."
　"야옹, 물이 좋다옹."
　느긋이 물에 잠겨서, 나와 토우카와 사나는 절절히 중얼
거렸다.
　"후우……."
　마야 씨도 작게 숨을 내쉬었다.
　훤히 비치는 물이라고는 해도, 다소나마 몸을 가려서 안
도한 모습이었다.
　퍼펙트 보디니까 당당하게 보여주면 될 텐데…….
　"……저기, 너희들. 여긴 목욕탕이 아니거든."
　치즈루가 한심해하는 눈빛으로 태클을 걸었다.
　"특히나 하루. 여기에 뭘 하러 왔는지 잊어버린 건 아니겠지?"
　"수영복 성분을 보충하러 왔잖아?"
　"운동을 하러 왔잖아!"
　"아, 그러고 보니 그랬지."

야옹야옹 체조가 너무도 굉장해서 본래의 목적을 완전히 잊고 있었다.

그럼 즐겁게 운동을 해볼까요.

일단은 가볍게, 다 같이 술래잡기를 하며 놀았다.

로리들 중에서 가장 수영이 능숙한 건 의외로 사나였다.

수영학원에 다닌 적도 있는 모양이라, 물속을 화려하게 돌아다녔다.

고양이 계통 캐릭터로서는 좀 어떨까 싶기도 하지만…….
뭐, 상관없나.

치즈루는 그럭저럭, 이라는 느낌. 자유형이나 배영은 깔끔하게 할 수 있었다.

토우카는 맥주병까지는 아니지만……. 조금 안타까웠다.

열심히 다리를 움직여도 물보라만 일으킬 뿐, 전혀 나아가지 않는 쪽이었다.

하지만 흐뭇해서 좋구나.

무심코 따라잡힐 때마다 일부터 잡혀버렸다고.

"에헤헤, 선생님, 붙잡았어요."

그렇게 기뻐하며 웃는 모습이, 이 또한 반칙 수준으로 귀여웠다.

그런 주인과는 달리, 마야 씨는 당연하다는 듯이 능숙했다.

잠수로 25미터 정도는 여유라나. 하이스펙에도 정도라는 게 있다고…….

뭐, 그런 느낌으로 한 시간 정도 실컷 즐겼다.

그 뒤에는 모처럼의 기회니까 워터 슬라이드를 타기로 했다.

"저는 밑에서 보고 있을게요."

수영장에서 나오는 데에 저항감이 있는지 마야 씨는 사양했다.

워터 슬라이드라면 훌러덩 발생률이 높은 스폿이었다.

그렇기에 『그런 소리 하지 말고 다 같이 놀자고!』라는 말을 할까 싶었지만, 이 이상 마야 씨한테 정신적인 부담을 끼쳐서야 역시나 면목이 없었다. 신사적으로 자중했다.

그래서 로리들과 함께 계단을 올라갔다. 높이는 5미터 정도일까.

이렇게 위에 올라와보니 생각했던 것보다 경사가 급하게 보였다.

"……조금 무서워요."

토우카가 겁을 먹었다.

"본격적인 녀석과 비교하면 이 정도야 별것 아냐."

"야옹, 재밌을 것 같아."

치즈루와 사나는 아무렇지도 않은 듯했다.

"……그럼 두 사람부터 먼저."

토우카가 앞자리를 양보하자,

"그럼 먼저 갈게—." "야옹."

두 사람은 주저 없이 미끄러져 내려갔다.

수면에 도착하자 화려하게 물보라가 피어오르고, 꺅꺅 즐거워하는 목소리가 울려 퍼졌다.

"……속도가 꽤 나오네요."

그러나 토우카는 더더욱 겁먹고 말았다.

"고소공포증이야?"

"……굳이 따지자면, 이런 절규 계통이 거북해요."

"과연."

확실히 워터 슬라이드도 이른바 절규 계통 놀이기구의 일
종이었다.

여기 이건 몇 초면 끝나버릴 길이였지만, 그래도 무서운
건 무서운 거겠지.

"괜찮으니까 토우카도 빨리 내려와─." "기분 좋다옹─."

"으으……."

친구들이 밑에서 부르자 토우카는 신음했다. 무척 갈등하
는 모습이었다.

나는 살며시 미소를 짓고 상냥하게 말했다.

"억지로 탈 필요는 없지 않을까?"

그 말에 토우카는 조금 의외의 대답을 꺼냈다.

"……하지만 선생님 만화의 히로인이라면 틀림없이 도전
하겠죠?"

"어, 그건 그럴지도."

정확하게 말하자면, 아마도 도전할 수밖에 없는 상황으로
내몰리겠지.

캐릭터가 용기를 짜내는 장면은 만화적으로 잘 먹힌다.

"그렇다면 저도 도망치고 싶지 않아요."

입구에 있는 난간을 붙잡고, 토우카는 늠름하게 말했다.

……허나 허리는 완전히 뒤로 빠진 상태였다.

으음, 어쩌지. 그만두는 것 또한 용기야, 라고 설득해야 할까.

하지만 그 의지는 가능한 한 존중하고 싶었다.

나는 잠시 생각한 뒤, 타협안을 입에 담았다.

"그럼 나랑 같이 내려가는 건 어때?"

"어, 괜찮으세요?"

"응. 토우카만 괜찮다면."

"──꼭 부탁드려요!"

토우카는 환한 표정을 지으며 머리를 꾸벅 숙였다.

"선생님과 함께하면 어떤 공포라도 이겨낼 수 있어요!"

"그런가. 그럼 내 무릎 위에 타."

지나치게 기뻐하는 토우카의 모습에 쓴웃음을 지으며, 입구 부분에 앉았다.

"예, 실례할게요."

토우카는 허겁지겁 자그마한 엉덩이로 내 위에 앉았다.

그리고 그대로 등을 바짝 기댔다.

나는 안전띠를 메어주듯이 토우카의 배에 손을 둘렀다.

"후후, 선생님 따듯해요."

"토우카도 말이지."

따듯한 것만이 아니었다.

여기도 저기도 말랑말랑하고, 피부는 무척 매끈매끈했다.

서로가 수영복차림이라 평소보다 다이렉트로 그 감촉이 전해졌다.

　역시 여자아이의 감촉은 좋구나……. 새삼스레 그런 생각이 들었다.

　아니, 이상한 의미는 아니고. 단순히 안는 베개 같은 의미로.

　"좋아, 간다."

　"예……. 두근두근해요."

　"괜찮아. 금방 끝날 거야."

　안심할 수 있도록 꼭 끌어안아주고 체중을 앞으로 실었다.

　그러자 서서히 중력에 이끌려——.

　샤아아아아아아아악——첨벙!

　물에 젖은 매끈매끈한 경사면을 단숨에 미끄러져 내려갔다.

　——오오, 평범하게 재밌는데, 이거.

　적절한 속도감을 즐길 수 있어서 무척 상쾌했다.

　"미션 클리어예요!"

　얼굴에 튄 물을 훔쳐내며 토우카가 신바람이 났다.

　"어때? 무서웠어?"

　"아뇨. 선생님과 함께 해서 아무렇지도 않았어요!"

　"그런가. 열심히 해줬구나."

　"에헤헤, 감사합니다."

　칭찬이라는 듯이 머리를 쓰다듬자 토우카는 오늘 하루 중에서 가장 환한 미소를 꽃피웠다.

　엄청 귀여워. 뇌 내의 스케치북에 제대로 그려 넣었다.

그리고 그때.

"잠깐만! 어째서 둘이 같이 내려오는 거야!"

"토우카만 치사하다웅!"

치즈루와 사나가 격렬하게 흥분해서는 다가왔다.

그대로 사나는 내 오른팔을 붙잡고 올려다보는 시선으로 부탁했다.

"야웅, 나도 오라버니랑 같이 타고 싶어."

치즈루도 왼팔을 흔들며 새빨간 얼굴로 변명하듯 소리쳤다.

"나, 나는 딱히 하루랑 같이 타고 싶은 건 아니지만…….
하지만 둘이서 타는 편이 속도가 더 나올 것 같으니까, 어쩔 수 없으니까 같이 타줄게!"

……물론 거절할 수는 없었다.

"어, 알았어. 그럼 순서대로 타자."

두 사람도 토우카와 마찬가지로 무릎 위에 태우고 함께 타주었다.

"역시 혼자 타는 것보다 둘이 타는 편이 좋네. 딱히 하루가 아니더라도 상관없지만."

"오라버니 슬라이더 최고다웅!"

그리고 그것이 상상 이상으로 로리들에게 높은 평가를 받아서…….

"선생님! 저, 다시 한 번 타고 싶어요!" "나도!" "나도!"

그렇게 앙코르가 끊임없이 이어지고…….

결국 남은 시간 동안 끝없이 워터 슬라이드를 탔다.

즉, 계단을 몇 십 번이나 오르내렸다는 것이었다.

설마 수영이 아니라 이런 형태로 운동을 하게 될 줄이야…….

"수고하셨어요."

돌아올 때.

걷는 것도 힘들 정도로 피로에 지친 나를 마야 씨가 위로해주었다.

"……돌아가면 마사지라도 해주지 않겠어?"

"파스 정도는 내드리죠."

다음날에는 당연하다는 듯이 근육통에 시달렸다.

"……실력 좋은 마사지사를 부를까요?"

토우카는 걱정스레 그리 말해주었다.

그러나 다른 사람이 만지는 건 썩 좋아하지 않았다.

미녀라면 대환영이지만 아저씨가 온다면 울고 싶겠지.

그렇기에 정중히 사양하고, 대신에 로리 세 사람에게 주물러달라고 했다.

로리 마사지, 정말 기분 좋았어요. 추천.

로리 캬바쿠라

"야—옹."

수영장에 간 뒤로 며칠이 지나, 근육통에서 해방된 어느 날 오후.

침대에서 만화를 읽고 있자니 교복 차림의 사나가 방으로 들어왔다.

"어라, 오늘은 일이 있다고 그러지 않았던가?"

나는 조금 놀라서 물었다.

『죄송해요, 선생님. 안타깝지만 내일은 다들 일이 있어서, 어쩌면 놀 수 없을지도 모르겠어요.』

어젯밤에 토우카가 그렇게 이야기했다.

"생각했던 것보다 빨리 끝났다옹."

침대로 올라와서는 내게 기대어 응석을 부리는 사나.

"그런가. 수고했어."

"야옹, 오라버니랑 빨리 만나고 싶어서 열심히 했어."

"오, 그건 참 기쁘네."

귀여운 말을 해주었다.

마침 딱 끊기 좋은 부분이었기에 만화책을 덮고 머리를 쓰다듬어주었다.

"야옹."

사나는 행복하다는 듯이 눈을 가늘게 뜨며 진짜 아기고양이처럼 울었다.

참고로 여름방학인데 교복차림인 건, 일터에서 바로 와서 그렇겠지.

로리들 셋은 기본적으로 밖에서 일을 할 때는 교복차림으로 간다나.

이유는 편하니까.

확실히 일을 하는데 꾸며봐야 소용없을 테고, 교복차림이면 실례가 되지도 않겠지만……. 그 나이또래 여자아이로서는 조금 어떠려나 싶은 생각도 있었다.

마야 씨도 밖에서는 바지 정장만 입으니.

그러나 일부러 정해진 옷밖에 입지 않는 성공한 사람은 의외로 많았다.

예를 들자면, 애플의 창업자인 스티브 잡스가 유명하다.

검은색 터틀넥에 청바지차림으로 다수의 제품을 프레젠테이션했다.

그 밖에도 아인슈타인, 오바마, 저커버그 등등, 인터넷에서 검색하면 거물들이 속속 튀어나왔다. 요컨대 아무래도 상관없는 일에 뇌의 리소스를 할애하고 싶지 않다는 것이 그들의 주장이었다.

이것 참, 그야말로 천재라는 느낌이라서 멋있는데.

나도 칠칠치 못한 복장 같은 걸로 주의를 받는다면 같은 변명을 사용하기로 하자.

여담은 이쯤하고.

1분 정도 쓰다듬어준 참에 손을 떼고,

"그러고 보니 혼자 오는 건 어째 처음 아니었나?"

문득 그 사실을 깨달았다.

"야옹. 사실 그것에는 전술적인 사정이 얽혀 있다옹."

"그게 뭐야?"

"후후후, 정보는 공짜로 줄 수 없다옹. 알고 싶으면 좀 더 쓰다듬어다옹."

"안 가르쳐주면 간지럽힌다?"

"……아, 알았다옹. 오라버니한테는 못 이기겠다옹."

손을 꼼지락꼼지락 움직이면서 말하자 사나는 간단하게 항복했다.

그래서 사나의 야옹야옹 설명에 따르면…….

이제까지는 셋이 모일 수 있도록 제대로 예정을 조정해서 놀았다고 한다. 그러나 여름방학 중에는 업무가 쉽게 들어오는 만큼 맞추는 게 도리어 성가신 모양이다. 그래서 이번에는 굳이 조정하지 않고 시간이 비면 일단 내 방으로 가자, 라는 이야기가 되었다나.

"뭐라고 할까, 동아리방 같은 취급이네."

"……민폐냐옹?"

"아니, 전혀. 언제든지 오라고 전에 그랬잖아?"

"야옹……. 역시 오라버니다옹."

안도했는지 사나는 온화하게 미소를 머금었다.

"참고로 토우카와 치즈루의 일은 세 시 정도에 끝난다고 그랬다옹."

"그럼 그때까지는 단 둘이네."

애석하게도 마야 씨도 다른 일로 자리를 비웠다.

"……오라버니를 독점. 이건 참 사치스럽다옹."

한가득 기뻐하는 표정을 짓는 사나.

나는 시계를 흘끗 쳐다보고 물었다.

"두 시간 정도 있는데, 뭘 하고 놀까?"

"야옹, 오라버니는 뭐가 하고 싶어?"

"나는 아무거나 상관없어. 사나가 하고 싶은 걸로."

"……오라버니랑 하고 싶은 거. 너무 많아서 곤란하다옹."

사나는 잠시 생각에 잠기더니 내가 읽고 있던 만화로 시선을 향했다.

"『사립 캬바쿠라 학원』……?"

그리고는 흥미진진하게 타이틀을 읽었다.

"캬바쿠라 아가씨를 육성하는 특수한 여학교를 무대로 한, 하렘 러브 코미디야."

캬바쿠라라고는 해도 끈적끈적한 요소는 일절 없었다.

주인공인 남자는 연습상대(손님 역할)로서 학원에 특례 입학한다.

히로인들은 다들 귀엽고 개그도 참신해서, 이게 꽤나 재미있었다.

"야옹……. 나, 캬바쿠라에 가본 적 없다옹."

"그야 당연하지."

있었다면 그게 더 큰 문제다.

"야옹, 오라버니는?"

"나도 없어."

"가보고 싶냐옹?"

"어—, 그러네. 한 번 정도는 가보고 싶을지도."

크리에이터는 기본적으로 호기심이 왕성하다.

실제로 어떤 접객을 받을지 흥미가 없다면 거짓말이겠지.

"그렇다면 내가 돈을 낼까?"

"아니, 괜찮아."

나는 쓴웃음을 지으며 사양했다.

아무리 그래도 로리의 돈으로 캬바쿠라에 갈 수는 없었다.

명확한 기준이 있는 건 아니지만, 그건 내 안에서 정한 일선을 넘어서는 일이었다.

그보다도 애당초 18세 미만은 가게에 들어가는 것 자체가 금지되어 있고, 좀 더 말하자면…….

"캬바쿠라 아가씨랑 이야기를 나누는 것보다 너희랑 노는 쪽이 더 즐거우니까 말이지."

"야옹……."

솔직한 마음을 입에 담자 사나는 뺨을 화악 물들였다.

부끄러운 듯 고개를 숙이고는 꼼지락꼼지락 고양이귀를 만져댔다.

그리고 내 귓가로 입을 가져다 대고 속삭이는 듯한 목소리로 말했다.

"……나도, 오라버니랑 노는 거……, 좋아."

……아아, 참을 수가 없네.

사나의 힐링 보이스가 천천히 온몸으로 전해졌다.

정말이지, 이러니까 로리네 밥벌레는 그만둘 수가 없다니까.

"──아, 그렇지."

그때 묘안을 떠올리고, 나는 히죽 웃음을 지었다.

"사나, 엄청 재밌을 것 같은 놀이가 떠올랐어."

"야옹……, 뭐냐옹?"

기대에 찬 눈동자로 나를 쳐다보는 사나.

"후후후, 듣고 놀라지 마──."

"──야옹, 재미있을 것 같다옹!"

내가 자신만만하게 그 아이디어를 이야기하자 사나는 기꺼이 찬성해주었다.

그때부터 얼른 준비를 진행하여, 순식간에 두 시간이 흘렀다.

그리고 예고했던 대로 세 시 넘어서 토우카가 돌아왔고, 다시 10분 뒤에 치즈루가 왔다.

"그렇게 해서, 로리 캬바쿠라를 개점하게 되었어."

"뭐가 어떻게 된 건데?!"

내 방, 이 아니라 1층 거실에서 그렇게 이야기하자 치즈루는 눈을 부라리며 화냈다.

"이러저러 고양고양이다옹."

그리고 사나가 야옹야옹 설명을 해주었다.

토우카에게는 이미 이야기를 했고 흔쾌히 허락을 받았다.

뭐, 대충 말하면 이런 식이었다.

──캬바쿠라를 체험해보고 싶어.

──하지만 캬바쿠라 아가씨랑 이야기하는 것보다 로리들이랑 노는 게 즐거워.

──즉, 로리들이 캬바쿠라 아가씨로 접객을 해주면 최고잖아?

내가 생각해도 천재적인 발상이었다.

참고로 왜 거실에서 하느냐면, 내 방에는 소파가 없기 때문이었다.

침대에서 그런 자리를 가지고 싶지는 않고, 그렇다고 카펫 위나 업무용 의자로는 영 분위기가 살지 않을 것 같아서, 그래서 여기서 하기로 했다.

"……어째서 기껏 일을 마치고 왔는데 밥벌레를 접객해야 되는 거냐고."

치즈루가 두통을 참듯이 미간을 눌렀다.

나는 싱글싱글 웃음을 흘렸다. 너무나도 정론이라 웃을 수밖에 없었다.

"그보다도 로리 캬바쿠라라니……. 그야말로 그 호칭만으로도 신고하고 싶어지는데……."

"안심해. 물론 주류는 없이 할 거니까."

"그런 문제가 아니잖아!"

"자자, 괜찮잖아요."

흥분한 치즈루를 토우카가 달랬다.

"모처럼 선생님과 사나가 이렇게 준비를 해줬다고요."

테이블 위에는 다양한 청량음료와 얼음 그릇이 놓여 있었다. 좀 전에 나랑 사나가 사온 것이었다.

마야 씨한테 전화해서 보내달라고 부탁하는 것도 괜찮겠지만 스스로 준비하는 게 더 즐거울 것 같아서, 굳이 근처 슈퍼마켓까지 다녀온 것이었다. 실제로 즐거웠다.

"무엇보다도 선생님을 접객할 수 있다니, 무척 영광스러운 일이라고요?"

"……그렇게 생각하는 건 전 세계에서 토우카랑 사나뿐이야."

"그럼 치즈루는 부전패로 됐냐옹?"

"부전패?"

사나의 말에 치즈루가 미간을 찌푸렸다.

"그냥 하는 것만으로는 좀 그러니까 대결형식으로 하기로 했거든."

"게다가 최종적으로 지명을 받은 사람은, 호화로운 상품을 받을 수 있다나 봐요."

내 설명에 토우카가 보충해주었다.

"상품이라니⋯⋯. 아무것도 없는 것보다야 낫겠지만, 어차피 별반 대단한 것도 아니겠지?"

"그렇지 않아요. 여자라면 누구라도 바라는, 프리미엄 티켓이에요."

"그게 뭔데? 아이돌 라이브라든지? 나, 별로 흥미 없는데."

"아니다옹. 좀 더 굉장한 녀석이다옹."

사나가 금액이 적힌 티켓을 꺼냈다.

"뭔가 엄청 손으로 만들었다는 느낌이 넘치는데⋯⋯."

"야옹. 오라버니가 아까 만들어줬다옹. 새로 그린 일러스트까지 그려져 있다옹."

스케치북을 잘라낸 종이에 세 사람을 모델로 한 SD캐릭터(2등신 정도로 데포르메한 녀석)를 구석 쪽에 그렸다.

"팬이라면 군침을 흘릴 물건이네요."

토우카는 황홀하게 티켓을 바라봤다.

"뭐, 확실히 귀엽지만⋯⋯. 근데『텐도 하루 1일 승차권』이라니, 그게 뭐야?"

티켓에 적힌 글자를 읽고 치즈루가 눈을 동그랗게 떴다.

사나는 흐흥, 귀엽게 콧김을 내쉬며 득의양양한 표정으로 말했다.

"이걸 쓰면 하루 동안 오라버니 위에 마음껏 탈 수 있다옹."

"⋯⋯여자라면 누구든 바라는 프리미엄 티켓이라고 그랬잖아?"

어이가 없다는 표정으로 투덜거리는 치즈루.

"예. 혹시 경매에 나온다면 아낌없이 돈을 퍼부을 거예요."

토우카는 진지한 표정으로 단언했다.

"치즈루는 원하지 않나요?"

"…………그야 뭐, 굳이 따지자면……, 원해."

치즈루는 얼굴을 붉게 물들이고서 쭈뼛쭈뼛 인정했다.

"그렇다면 치즈루도 참가해주는 거냐옹?"

사나가 올려다보는 시선으로 물었다.

"……그래. 하루를 의자로 삼는 건 기분 좋을 테고 부전패라고 그러는 것도 싫으니까, 그러니까 어쩔 수 없이 어울려 줄게."

빠른 말투로 말을 쏟아내는 치즈루의 모습에 토우카는 쿡쿡 웃었다.

"그럼 정정당당하게 셋이서 겨뤄봐요."

"야옹, 지지 않을 거다옹."

"흥……. 내가 진심을 발휘하면 하루 따윈 한 방이야."

투지를 불태우며 파직파직 시선을 교차하는 로리 세 사람.

투자도 결국 한 방인가, 그런 말이 문득 떠올랐지만 물론 입 밖으로 꺼내지는 않았다.

이러저러해서.

『제1회 최강의 로리 캬바쿠라 아가씨 결정전!』이 개최되는 단계에 이르렀다.

세 사람에게 얼른 옷을 갈아입으라고 했다.

캬바쿠라 아가씨라면 역시 대담한 드레스니까 말이다.

"오오, 역시 대단하네. 다들 정말 잘 어울려."

박수를 치며 칭찬하자 세 사람은 기쁜 듯 미소 지었다.

"우후후, 감사해요. 조금 어른이 된 기분이에요."

"그러네. 하루가 고른 것치고는 꽤 괜찮은 옷이잖아."

"야옹, 마녀 같아?"

하늘하늘한, 민소매에 목과 어깨까지 훤히 드러난 원피스였다.

……솔직히 캬바쿠라 아가씨라기보다는 피아노 발표회나 결혼식에 출석한 아이들이라는 느낌이지만, 뭐 귀여우니까 넘어가자.

아동용 캬바쿠라 드레스 같은 건 애당초 팔지도 않으니 말이지…….

굳이 특별 주문하는 것도 뭣하니 이게 최선이겠지.

"그래서, 선생님. 캬바쿠라 접객이란 건 구체적으로 어떻게 하면 되나요?"

토우카가 고개를 갸웃거리며 물었다.

"으음……. 마실 걸 만든다든지, 즐겁게 이야기한다든지, 어쨌든 손님의 기분을 좋게 만들어주는 거야."

스스로 생각해도 붕 뜬 설명이었지만 거의 만화에서 얻은 지식밖에 없으니 어쩔 수 없었다.

"일단 해보는 거다옹."

사나가 가벼운 태도로 말했다.

"그러네. 순서는 어떻게 하지?"

"어, 한 사람씩 하는 건가."

내 말에 치즈루는 살짝 의외라는 표정을 지었다.

"응, 그러는 편이 판정하기 쉬우니까."

"그렇다면 저부터 하고 싶어요!"

토우카는 얼른 손을 들었다. 적극적이라서 좋구나.

아직 승부는 시작되지 않았지만 이건 플러스 평가로 이어지겠지.

"한 번 솜씨를 볼까."

"야옹, 나는 마지막이 좋아."

치즈루는 한 번 지켜보기로 하고 사나는 마지막을 희망했다.

딱히 불만의 목소리 없이 토우카, 치즈루, 사나 순서가 되었다.

소파는 테이블을 사이에 둔 형태로 배치되어 있었다.

기다리는 사람은 말석에서 관전하고 접객은 상석을 사용하기로 했다.

나는 이미 가게에 들어와서, 자리에서 여자를 기다리는 상태부터 시작했다.

제한 시간은 한 사람 당 10분.

두 번째 이후로 어떻게 할지는 그때의 흐름에 따라서.

"아, 그렇지. 나는 텐도 하루가 아니라 처음 만나는 손님이란 설정으로 부탁할게."

이건 캬바쿠라 아가씨로서의 테크닉을 겨루는 대회다. 평소와 같은 거리감으로는 의미가 없다.

"예." "알았어." "야옹."

셋은 순순히 수긍했다.

그 시점에 나는 BGM을 깔았다. 트랜스인가 테크노인가, 그럴 듯한 느낌의 곡이었다.

미러볼 같은 것도 준비해야 되는지 고민했지만, 그건 아무래도 귀찮았기에 적당히 타협했다.

모든 준비를 마치고 토우카에게 말했다.

"그럼 1번 타자, 부탁할게."

"예."

토우카는 기운차게 대답했다.

음, 기대되네.

"안녕하세요, 니조 토우카예요. 옆에 앉아도 될까요?"

높은 텐션을 유지하는 상태로 꾸벅 인사를 하고, 토우카는 싱긋 웃으며 다가왔다.

거의 백 점인 인사라고 생각했다.

차분한 타입을 좋아하는 사람은 살짝 당황해버릴지도 모르겠지만, 나쁜 인상을 품지는 않겠지. 나도 자연스럽게 뺨이 풀어지고, "그럼"이라며 오른쪽을 권했다.

"실례할게요."

월등한 미소를 지으며 토우카가 앉았다.

……생각했던 것보다 가깝네.

내 오른쪽 허벅지와 토우카의 왼쪽 허벅지가 딱 붙었다.

신체 접촉은 남자를 농락하는 기본이라지만……. 자리에 앉자마자 동시에 이러는 건 조금 과도한 서비스겠지.

하지만 뭐 첫 번째니까 그렇게까지 세세한 부분은 생각하지 않아도 상관없나.

즐겁다면 정의였다.

"토우카인가, 귀여운 이름이네."

"에헤헤, 감사합니다."

"나이는 어떻게 돼?"

"몇 살로 보이세요?"

오, 좋은 대답이다. 어쩐지 진짜 캬바쿠라 같은데.

뭐, 실제로 들으면 『귀찮게스리』라고 생각해버리겠지만.

여성의 나이를 맞추는 건 어렵기도 하고 괜히 신경이 쓰이니까 말이지…….

그건 제쳐놓고, 나는 "으음" 하며 고민하는 척을 하고는,

"피부가 반질반질해서 무척 어리게 보이니까, 스무 살 정도?"

가볍게 농담을 날려봤다.

"삐삑―, 아깝네요."

토우카는 쿡쿡 웃고는 양손으로 X자를 만들었다.

"어어, 그럼 정답은?"

"열 살이에요."

"──후하하, 하나도 안 아깝잖아!"

설마 실제 연령을 그대로 가져올 줄은 몰랐기에 무심코 웃어버렸다.

그야 어리게 보이겠네.

"아뇨. 1자리는 맞추셨으니까 근접했어요."

"과연, 그렇게 볼 수도 있나."

이런 부분을 맞추어주는 방법은 역시나 능숙했다.

상대를 치켜세우는 토크력(力)은 셋 중에서 토우카가 단연코 최고겠지.

"직업은 어떻게 되시나요?"

"으음, 일단은 만화가인가."

이 또한 어디까지나 설정이었다. 그러니까 공무원이든 운동선수는 상관없겠지만, 역시 첫 번째 상대이니 본래의 나와 가까운 무난한 쪽으로 해뒀다.

"와, 그건 참 멋진 직업이네요. 제가 세상에서 가장 존경하는 사람도 만화가예요."

"헤에─."

만화가 앞에서 다른 만화가를 칭찬하는 건 그다지 좋지 않은 일이었다.

하지만 지금 이『존경하는 만화가』가『텐도 하루』임은 명백했기에 마이너스를 주지는 않기로 했다.

살짝 태클을 걸자면,『텐도 하루』는 만화가가 아니라 로리네 밥벌레지만 말이지(웃음).

"아, 죄송해요. 먼저 마실 걸 만드는 게 좋겠네요."

잔이 비어 있다는 걸 깨닫고 토우카는 혀를 날름 내밀었다.

귀여워. 자연스럽게 이런 동작을 할 수 있는 건 로리의 특권이구나.

어른이 이런다면 아마도 짜증나겠지.

······아니, 마야 씨나 유리도 평범하게 모에하겠네(절대로 하지 않을 테지만).

결국 외모에 따라 다르다는 건가(참으로 노골적이다).

"어떤 걸로 하면 좋을까요?"

잔뜩 있는 음료를 손으로 가리키며 토우카가 말했다.

"으음, 그러네. 토우카 추천 음료로 부탁해."

"알겠습니다. 그럼 미즈와리(물타기)로 할게요."

"어? 술 종류는 없을 텐데."

"후후후, 미즈와리라면 당연히 칼피스잖아요."

"어어······, 그런가. 그럼 부탁할게."

"맡겨주세요."

토우카는 빈 잔에 우선은 얼음을 넣었다.

그리고는 칼피스 병을 개봉하고 원액을 반 이상 부은 참에──.

"어, 잠깐만!"

"예? 왜 그러세요?"

황급히 말리자 깜짝 놀란 표정을 지었다.

"아니, 그래서는 너무 진하잖아."

겉포장에는 『취향에 맞추어 4~5배를 기준으로 묽게 마시도록 해주세요』라고 적혀 있었다. 즉, 그것이 일반적으로 편하게 즐길 수 있는 비율이라는 의미였다.

그러나 토우카에게 악의 같은 건 전혀 없어서,

"후후, 서비스예요. 만화를 그리는 건 두뇌노동이기도 하니까요. 머리가 잘 돌아가려면 당분을 잔뜩 섭취하시는 게 좋을 것 같아서."

오히려 득의양양하게 미소 지었다.

"역시 토우카, 훌륭한 배려야."

"야옹, 이건 포인트가 높겠다옹."

관전자도 어쩐지 감탄한 듯 코멘트했다.

……안 되겠다. 이런 흐름이어서야 다시 만들어달라고는 못 하겠어.

"어, 신경 써줘서 고마워. 하지만 당분을 지나치게 섭취하는 것도 좀 그러니까 그 정도면 충분해."

"알겠습니다."

칼피스를 놓고 생수를 쪼르륵 따라서는 막대로 빙글빙글 섞었다.

"드세요."

양손으로 정중하게 건네주었다.

"고, 고마워. 토우카도 좋아하는 걸로 마시면 돼."

"예, 그럼 물을 마실게요."

자신의 잔에 얼음 세 조각을 넣고 생수만 따랐다.

소극적이라고 표현하면 조금 미묘하지만, 어쩐지 살짝 치사하다고 생각해버렸다…….

"건배."

"후후, 건배예요."

가볍게 잔을 부딪치고 나는 조심조심 입을 댔다.

──우억, 역시 무지하게 달아.

칼피스는 물론 좋아하지만 아무리 그래도 이건…….

"어떠세요? 맛은 괜찮나요?"

하지만 순진무구한 미소를 지으며 그리 물으니 남자로서는 긍정할 수밖에 없었다.

"어어……, 괜찮네."

캬바쿠라인데 어째서 내가 신경을 쓰는 건지, 그런 생각도 없지는 않았지만…….

어쨌든 필사적으로 미소를 만들어 대답했다.

"참 다행이네요. 자, 쭉쭉 마셔버려요."

"……응."

"아, 아마도 이럴 때는 콜이라는 걸 하는 거였죠?"

토우카는 박수를 치며 노래하듯 부채질했다.

"원샷♪ 원샷♪ 원샷♪ 원샷♪"

정말로?!

무지하게 귀엽지만 이걸 원샷하라니 너무하잖아……!

하지만 여느 때처럼 거부할 수도 없는 노릇이라, 나는 각오를 다지고 도전했다.

……하지만 무리는 무리라서. 도중에 성대하게 뿜고 말았다.

"──콜록, 쿨럭, 케헥."

"아, 괜찮으세요?"

"……미, 미안해. 이상한 쪽으로 들어가버렸어."

잔을 내려놓고 변명했다.

"후후, 그렇게 조급해하지 않으셔도 돼요."

"이것 참, 귀여운 여자애가 응원을 해주니 나도 모르게 그만."

머리를 긁적이며 쓴웃음을 흘렸다.

"하지만, 그러네. 몸에서, 오늘은 무리하지 말고 천천히 마시라는 모양이야."

또 좀 전처럼 부채질한다면 못 참는다. 원샷의 흐름을 끊었다.

"그렇군요. 차분하게 이야기를 즐기도록 해요."

다행히 토우카도 순순히 맞춰주었다.

"아, 줄어든 만큼 채워드릴게요."

토우카가 칼피스 병을 손에 들었다.

배려는 훌륭하지만 더 따랐으면 하는 건 그쪽이 아니라고.

"잠깐만."

"예?"

"……으음, 칼피스보다 더 달콤한 음료를 더했으면 좋겠어."

"어, 그게 뭐죠?"

"그거야."

싱긋 웃으며 토우카의 잔을 가리켰다.

"토우카가 입을 댄 물."

단순하게 『물을 타줘』라고 하기도 좀 그래서 얼른 떠올린 방책이었다.

스스로 말하는 것도 좀 뭣하지만, 멋진 애드립이네.

밥벌레의 대응력은 캬바쿠라 아가씨에게도 뒤지지 않는다.

타인에게 빌붙는다는 의미에서는 거의 같은 장르의 직업이니 말이지.

아니, 그런 소리를 한다면 물장사하는 사람들이 화를 내겠지만…….

"예엣?!"

토우카는 얼굴을 화악 물들였다.

"……그거 솔직히 성희롱이잖아."

"야옹, 변태 같다옹."

저쪽에서 바라보는 시선이 날카로워졌다.

"아니, 손님의 성희롱에 대처하는 것도 캬바쿠라 아가씨의 중요한 스킬이니까 말이지."

이건 적당히 넘어가려는 변명이 아니었다.

사실 어차피 성희롱을 할 생각은 가득했기에, 처음부터 평가항목으로 생각하고 있었다.

그러는 편이 난이도가 올라가서 재미있으니까.

뭐, 아무리 그래도 갑자기 마시던 물을 달라는 쪽으로 진행될 줄은 몰랐지만…….

"……확실히 그러네요."

토우카는 납득해주었다.

"그럼 토우카가 마시던 물, 이쪽 잔에 따라줄래?"

"……아, 알겠어요."

부끄러운 듯이 고개를 끄덕이는 토우카.

아니, 사실은 알면 안 되지만.

대처라는 건 받아들이는 게 아니라 잘 흘려 넘기는 것이었다.

하지만 지금 이 경우, 흘려 넘기고는 칼피스를 따라줘도 곤란했기에 나로서는 다행이었다.

"드, 드세요."

"생큐."

물을 더 따른 잔을 받아들고 얼른 입을 댔다.

"——음, 아까보다 훨씬 맛있어."

아직 조금 진하지만 무척 마시기 편해졌다. 이 정도라면 들이킬 수 있겠어.

"그, 그렇게나 맛있으세요?"

"응, 토우카가 마시던 물로 만든 미즈와리, 최고야."

"아으……."

토우카는 귀까지 새빨갛게 물들이고는 우물쭈물 고개를 숙였다. 귀여워.

하지만 입을 다물어버리는 건 좋지 않았다. 아직 도전은 진행 중이었다.

"자, 접객해야지."

"아, 예……."

그러나 토우카는 완전히 부끄부끄 모드에 들어가버린 모양이라.

그때부터 내 노도의 성희롱 러시를——.

"그러고 보니 토우카한테 묻고 싶은 게 있는데."

"어, 뭔가요?"

"오늘 팬티 색깔은?"

"——후앗?! 그, 그건 대답해야만 하나요……?"

"응."

"으으……. 희, 흰색이에요."

"헤에—(정말로 대답해버렸어……)."

"쇄골이 예쁘네. 만져봐도 돼?"

"아, 예……."

"오오, 매끈매끈해."

"아하하, 간지러워요."

"어쩐지 조금 졸리는데—."

"아, 그러시다면 제 무릎에 누우세요."

"그럼 기꺼이."

"후후, 선생님. 무릎은 편하신가요?"

"부드러워서 최고야. 아, 과자 먹여줘."

"예—♡"

——노 가드로 모조리 받아들이고 말았다.

그걸 넘어서서 마지막에 이르러서는 자기가 먼저 이야기를 꺼내버렸고…….

게다가 『선생님』이라고 말해버렸고…….

"…………진짜 쓰레기네, 알고 있었지만."

"…………야옹, 오라버니는 성희롱 대마왕."

덕분에 치즈루와 사나의 시선이 어마어마하게 아팠다.

아니, 나도 하고 싶어서 이러는 건 아니니까 말이지?

토우카가 흘려 넘기지 않은 게 잘못이라고…….

그렇게 무릎베개를 하고 있는 상태에서 삐삐삐삐삐, 전자음이 울렸다.

스마트폰 알람이었다. 제한시간이 지났다는 신호였다.

"선생님, 제 접객은 어땠나요?"

허벅지에 몸을 일으키자 토우카가 두근두근하는 태도로 물었다.

"으음, 그게 말이지……. 처음 만났다는 걸 잊어버렸을 때가 종종 있었지만, 전체적으로 상당히 좋았으니까 90점 정도일까."

"……으음, 그런가요."

만점을 노렸을 테지. 토우카는 아쉽다는 듯 작게 한숨을 쉬었다.

나는 그런 표정에 약했다. 위로하고 싶어져버렸다.

쓴웃음을 짓고는 머리를 쓰다듬어줬다.

"하지만 충분히 고득점이니까 기뻐해도 돼. 즐거웠어."

"──감사합니다."

화악, 명랑하게 웃음을 꽃피우는 토우카.

응응, 역시 여자아이는 미소가 제일이야.

로리들도 즐거워하지 않는다면 이 대회를 기획한 의미가 없어지는 거다.

……자, 그럼.

다음 차례인 치즈루는 과연 어떤 접객을 보여줄까나?

그리하여 치즈루의 턴이 되었다.

치즈루는 토우카와 교대하는 형태로 이쪽으로 다가와서는,

"탄자와 치즈루야. 옆에 앉아줄 테니까 감사하도록 해."

고압적인 태도로 그리 말하며 멋대로 오른쪽에(조금 공간을 두고) 앉았다.

접객업으로서는 거의 빵점인 인사였지만……. 나는 가볍게 웃음을 흘렸다.

무리하게 알랑거리는 것보다는 호감도가 높았다.

게다가 캬바쿠라 아가씨의 일은 손님이 좋은 기분을 느끼게 만드는 것이었다.

어떤 캐릭터든 손님에게 맞기만 하다면 문제는 없었다.

그리고 물론 나는 츤데레를 좋아한다(다만 미소녀 한정).

데레를 잘 사용한다면 토우카의 득점을 웃돌 가능성도 충분히 있었다.

"치즈루인가, 귀여운 이름이네."

일단 토우카 때와 똑같이 말해봤다.

"엉? 뭘 멋대로 이름으로 부르는 거야, 친한 척하긴. 게다가 말투도 기분 나빠."

오오, 생각했던 것 이상으로 엄격하네…….

아무리 츤데레를 좋아한대도 정면에서『기분 나빠』같은 말을 들으니 역시나 좀 풀이 죽는데…….

그러나 첫 만남이라는 설정을 제대로 지키고 있었다.

그리고 보니 처음에 만났을 때에는 이 정도로 츤데레였구나……. 조금 그리운 기분이 들었다.

"그런가……. 멋대로 부르면 안 되나……."

나는 한숨을 쉬며 쓸쓸하게 말했다.

그러자 치즈루는 살짝 동요했다.

"뭐, 뭐야. 그렇게 침울해할 건 없잖아."

"하지만 모처럼 옆에 앉아줬으니까 이름으로 부르고 싶었는데……."

"……흥, 정말이지 어쩔 수 없네."

치즈루는 부끄러운 듯 고개를 홱 돌렸다.

"네가 무슨 일이 있어도 부르고 싶다면 딱히 상관없어."

아, 생각했던 것보다 간단하시네요.

간단한(쵸로이) 히로인 A.K.A 쵸로인은 때로는 야유의 대상이 되기도 하지만, 개인적으로는 전혀 문제없었다.

제한시간을 생각하면 정답이겠지.

츤이 너무 길어서 데레까지 다다르지 못해서야 의미가 없다.

뭐, 그런 계산까지 하고서 행동하는 건 아닌 모양이지만.

치즈루는 솔직하지 못하고 입은 험하지만 근본적으로는 상냥했다.

이쪽이 풀죽은 태도를 보이면 츤을 고집하지 않는 면이 있는 거겠지.

"그럼 사양 않고 치즈루라고 부를게."

"……멋대로 해."

"그럼 치즈루는 얼마나 돼?"

호칭 문제를 해결하고, 또다시 토우카 때와 마찬가지로 물었다.

"얼마로 보여?"

엇차, 치즈루도 그렇게 나왔나.

아까 전에 내 반응이 좋았으니까 따라한 거겠지.

조금 치사하다면 치사한 방법이었기에 나는 굳이 다르게 대답했다.

"그러네……. 위에서부터 129.3, 129.3, 129.3일까."

"나이가 아니라 스리사이즈 이야기였어?!"

눈을 부릅뜨며 놀라는 치즈루.

"게다가 그렇게 클 리가 없잖아! 대체 뭐냐고!"

꼼꼼한 태클, 감사.

"정답은 얼만데?"

"그런 거 몰라!"

새빨개진 얼굴로 화냈다.

"에이, 그럼 내가 측정해줄까?"

"뭐?! 바보 아냐?!"

"바보라니 너무하네. 친절한 마음으로 꺼낸 이야긴데."

"쓸데없는 참견에도 정도라는 게 있다고!"

그것참, 아쉬워라.

그건 그렇고 여자의 스리사이즈를 측정하는 시추에이션도 괜찮네.

마야 씨의 가슴이라든지, 무지하게 측정해보고 싶다.

언젠가 한 번 시험 삼아서 부탁해볼까. 대답 대신에 얻어맞을 것 같지만.

"……야옹, 벌써부터 오라버니의 성희롱이 작렬한다옹."

"……확실히 신체의 수치를 알려주는 건 좀 부끄러운 일이네요."

관객석의 코멘트도 그다지 호의적이지 않았다.

감언 콤비마저 그렇다면 역시 허들은 높겠지.

그러나 직접적인 스킨십에는 태연하면서 수치를 알려주는 건 부끄럽다는 것도, 생각해보면 묘한 이야기구나. 역시 디지털 세대는 말이지(관계없음).

"나, 나는 그만 됐고, 네 이야기를 하자!"

스마트하지는 않지만 일단 성희롱을 회피하는 치즈루.

미소녀에게서 『너에 대해 알고 싶어』라는 말을 듣고서 불쾌하게 여기는 남자는 없겠지.

하지만 놀리는 게 즐거워서, 나는 무심코 능청스레 말했다.

"어, 내 스리사이즈가 신경 쓰여?"

"──그럴 리가 없잖아! 직업이라든지, 그런 거 말이야!"

"과연, 그쪽이구나."

"……뭐, 너 같은 흐리멍덩한 녀석이니까 어차피 변변찮은 직업도 없을 테지만."

"실례네. 하고 싶어도 좀처럼 할 수 없는, 많은 사람이 동경하는 직업이라고?"

"헤에, 뭔데?"

"로리네 밥벌레."

"정말로 변변찮은 거잖아?!"

내 대답에 치즈루는 또다시 경악했다.

"그보다, 그 부분은 아까처럼 만화가라고 그래야지! 기껏 칭찬해줄까 싶었는데!"

홋, 무르구나 치즈루. 나는 각자의 개성을 보고 싶거든.

토우카를 흉내 낼 생각이라면, 같은 흐름으로 가지는 않을 거라고.

"……게다가 그건, 너 지금 초등학생의 돈으로 캬바쿠라에 왔다는 거야?"

"그렇게 되겠네."

"대체 어디까지 최악이냐고!"

테이블을 두드리며 치즈루는 분개했다. 그렇겠지요—.

이에 대해서는 관전자 두 사람도 의견을 나누고 있었다.

"야옹? 캬바쿠라에 가면 안 되나옹?"

"으음, 그러네요. 반드시 만화에 필요하다면 괜찮다고 생각하지만, 가능한 한 안 가셨으면 좋겠다는 생각도 있어요. 캬바쿠라 아가씨도 선생님을 밥벌레로, 아니, 기둥서방으로 삼고 싶을 테니까요."

"야옹, 듣고 보니 그렇다옹……. 위험한 상황이었다옹."

실제로 캬바쿠라 아가씨는 수입은 괜찮지만 스트레스가 많아서, 평안을 얻기 위해 다른 직종보다도 기둥서방을 들이는 비율이 높다나.

뭐, 그렇다고 해서 나를 기둥서방으로 삼겠다고 생각하지는 않겠지만.

어쨌든 토우카가 기뻐하지 않을 법한 일을 할 생각은 없었다.

"그보다도 목이 마르네. 뭔가 음료를 좀 부탁해봐."

치즈루가 다시 시작하겠다는 듯이 말했다.

어떤 의미로는 오늘 가장 캬바쿠라 아가씨 같은 대사였다.

"으음, 그럼 치즈루가 마시던——."

"오렌지주스면 되겠지."

내 말을 가로막고 치즈루는 멋대로 정했다. 너무해.

하지만 캐릭터에 맞추면서 성희롱을 흘려 넘겼으니 정답

이라면 정답이었다.

치즈루는 유리잔 두 개에 얼음을 넣고 팩에서 오렌지주스
(과즙 100%)를 따랐다.

"자, 건배하자."

한손으로 잔을 건넸다.

좋든 나쁘든 친구라는 감각으로 느껴져서, 뭐 이건 이것
대로 나쁘지 않았다.

잔을 맞부딪치고 입을 댔다. 평범하게 맛있었다.

하지만 좀 재미없긴 하네.

그런 이유로. 그 이후로 나는 성희롱 러시를 감행했다.

"그런데 치즈루, 좀 물어봐도 될까?"

"뭔데?"

"오늘 팬티 색깔은?"

"윽……. 그런 걸 가르쳐줄 리가 없잖아!"

"헤에―, 보라색이네. 어쩐지 야해."

"뭐?! 아니거든! 평범하게 핑크색이라고!"

"그런가, 핑크색인가―."

"――윽?!"

"치즈루는 어깨가 예쁘네, 만져봐도 돼?"

"될 리가 없잖아, 바보 아냐?"

"뭐, 멋대로 만질 거지만."

"——햐윽?! 잠깐, 야, 그만해!"
"아야(어깨에 펀치를 맞았다)."

"그럼 머리카락이라면 만져도 돼?"
"……뭐, 뭐 정말로 머리카락만이라면."
"오오, 찰랑찰랑해서 기분 좋네. 무슨 샴푸 써?"
"글쎄? 집에 놔둔 녀석을 적당하게 쓰는 것뿐이라서 잘
모르겠어."
"킁킁, 향기 좋다~."
"——잠깐, 갑자기 냄새는 왜 맡는 거야?!"
"어, 안 돼? 약속대로 머리카락밖에 안 만졌다고?"
"그거랑 이건 다르지!"
"으음, 제멋대로구나."
"대체 누가! ——아아, 정말이지! 무릎베개해줄 테니까
얌전히 굴어!"

토우카와는 달리 치즈루는 열심히 저항하려고 했다.
그러나 끈질긴 성희롱을 흘려 넘기는 건 역시나 어려웠는
지, 최종적으로 자기가 먼저 무릎베개를 해주겠다고 나왔
다. 살을 내주고 뼈를 벤다, 라는 녀석이네.
"…………야옹, 오라버니의 성희롱은 변화무쌍하다옹."
"…………으음, 저한테는 머리카락 쪽으론 해주지 않았
어요."

여느 때처럼 관전자들의 시선이 무척 아프게 느껴졌다.

아니, 그러니까 나도 하고 싶어서 하는 게 아니라고.

대회 분위기를 끌어올리기 위해서 어쩔 수 없이, 꽤씸한 손님을 연기하는 것이었다.

정말로, 진짜진짜. 뭐, 즐겁지 않다면 거짓말이겠지만.

그때 스마트폰 알람이 울렸다.

벌써 10분이 지났나. 여자의 무릎 위는 시간의 흐름이 빠르구나.

"……그래서, 내 접객은 몇 점이야?"

몸을 일으키자 살짝 짜증이 어린 표정으로 치즈루가 물었다.

"으음, 그게 말이지……. 군데군데 접객 태도에 문제는 있었지만, 열심히 태클을 걸어줬으니까 90점이네."

"……흐응, 토우카랑 같네."

아주 나쁘지만도 않다는 듯이 중얼거리는 치즈루.

"으음, 우월을 따지기가 힘드네. 즐거웠어."

머리를 쓰다듬어주며 내가 말하자 치즈루는 흥, 고개를 돌리고,

"……만지는 걸 좀 적당히 한다면 또 해줘도 돼."

츤츤대는 말투로 그리 말해주었다.

그리고 어렴풋이 뺨을 물들이고 머리카락을 손끝으로 돌돌 말아댔다.

실로 뻔히 보이게 부끄러움을 숨기는 모습에, 나는 쿡쿡 웃음을 흘렸다.

아무래도 이러니저러니 해도 치즈루 역시 즐겨준 듯했다.
잘 됐구나, 잘 됐어.

이러저러해서, 드디어 마지막.
고양이귀 캬바쿠라 아가씨, 사나의 턴이었다.
사나는 자신감으로 가득한 표정을 지으며 이쪽으로 걸어
와서는 야옹야옹 포즈를 취했다.
"쾌락에 빠진 영혼을 빨아들이는, 성스러운 물의 인도
자──비밀결사 『버터플라이 나이트』의 넘버 원──『칠흑
의 고양이』다옹."
"……미안, 뭐라고?"
"쾌락에 빠진 영혼을 빨아들이는, 성스러운 물의 인도
자──비밀결사 『버터플라이 나이트』의 넘버 원──『칠흑
의 고양이』다옹."
무심결에 되묻자 나름대로 긴 대사를 그야말로 똑같은 톤
으로 반복해주었다.
나는 5초 정도 생각하고, 납득했다.
"……아, 혹시 가명?"
"그렇다옹. 가볍게 진명을 밝힐 수는 없다옹."
사나는 득의양양하게 고개를 끄덕였다.
확실히 본명으로 캬바쿠라 아가씨 일을 하는 쪽이 부자연
스러웠다.

괜히 중2병 느낌인 걸 제외하면 끽 소리도 나오지 않을 만큼 정론이었다.

참고로『쾌락에 빠진 영혼』은 캬바쿠라에 오는 남자.

『성스러운 물』은 거기 꺼내놓은 드링크.

『버터플라이 나이트』는 밤의 나비(기사를 가리키는 나이트도 포함되었을지도 모른다).

그리고『칠흑의 고양이』는 굳이 말할 것도 없이, 고양이귀 패션에서 유래한 거겠지.

안이하다면 안이하지만 알아듣기 쉬운 건 나쁘지 않았다.

약삭빠르게 넘버원을 자칭한 부분에 태클을 걸고 싶기도 했지만, 캬바쿠라가 비밀결사라는 설정도 괜찮았다. 굉장히 흔해빠진 내용이라서 도리어 신선하게 느껴졌다.

특기인 무기는 역시『버터플라이 나이프』일까?

어쨌든 굉장한 흥행거리였다.

그게 말이지, 현역 캬바쿠라 아가씨이자 특수공작원(?)인 고양이귀 로리인걸.

그 캐릭터 조형만으로도 만화 한 편은 그릴 수 있을 정도였다.

적어도 나는 읽어보고 싶을 것 같았다.

"그런가, 멋진 이름이네. 응, 정말로 괜찮아."

꽤나 진심으로 감탄했기에 진지한 말투로 칭찬해주었다.

"야옹⋯⋯. 고, 고맙다옹⋯⋯."

사나는 뺨을 물들이며 소곤소곤 감사인사를 했다.

이런, 의기양양한 표정을 지을 거라고 생각했는데 의외로 진짜 부끄러워했다.

그만큼 열심히 생각했다는 걸까. 이 모습은 내 안에서 포인트가 높았다.

그렇구나. 알겠어, 이 기분.

자신이 생각한 걸 칭찬해주는 건 무지하게 기쁘거든.

"으음, 그럼 어떻게 부르면 될까?"

나는 살짝 쓴웃음을 지으며 물었다.

"그러면 말이다옹—. 손님과는 영혼이 공명하고 있으니까 특별하게 사나라고 불러도 된다옹."

……진명을 이다지도 간단하게 밝혀버렸지만 말이다.

마무리가 물러. 아니, 『칠흑의 고양이』보다는 부르기 편해서 좋지만.

"그럼 사나, 그 임무를 완수해줘."

"야옹."

사나의 설정에 편승하며 말하자 그녀는 씩씩한 표정으로 끄덕였다.

역할에 몰입한 거겠지. 귀여워.

"실례한다옹."

사나는 내게서 등을 돌리고는 자그마한 엉덩이로 툭 앉았다.

……내 무릎 위에.

역시 사나. 예상 밖의 접객이라고…….

"……과연, 그런 방법이 있었나요."

토우카가 분하다는 듯이 으음, 신음했다.

"……아니, 처음 만난 상대에게 갑자기 저런 걸 하면 안 되지."

치즈루는 기가 막힌다는 표정으로 정론을 꺼냈다.

나로서도 적어도 처음에는 옆에 앉아주길 바랐다.

이 자세로는 이야길 나누기 힘들었다.

"저기, 사나? 좀 잘못 앉은 거 아냐?"

"잘못 앉은 거 아니다웅."

조심스럽게 물어보니 고개를 절레절레 가로저었다.

"언제 적이 덮쳐도 대응할 수 있도록 준비한 거라웅."

"아, 그러니까 나를 지키기 위해서라는 거지?"

"그렇다웅. 밤거리는 위험한 게 가득하다웅."

"과연, 그건 고마운 일이네."

그렇게 상대의 의견에 동의하며,

"하지만 이래서야 사나의 귀여운 얼굴이 보이질 않으니까 괜찮다면 옆에 앉아줘."

"……아, 알았다웅. 손님의 요청에 응하는 게 우리의 사명이다웅."

사나는 귀(진짜 쪽)를 새빨갛게 물들이고는 천천히 오른쪽으로 옮겨주었다.

거리는 그럭저럭 가까웠다.

토우카만큼 딱 붙지는 않았지만 내 허벅지에 자그마한 손을 올려놓았다.

……허벅지에 손. 가장 일반적인 스킨십이구나.

혹시 어른 여자가 이렇게 다가온다면 도리어 경계해버리겠지만, 로리라면 순수하게 귀엽게 여겨졌다.

그 시점에서 토우카와 치즈루에게도 했던, 정해진 질문을 했다.

"사나 나이는 몇 살?"

"몇 살로 보이냐옹?"

오, 사나도 우선은 그렇게 나왔나.

나는 몇 초 생각한 뒤, "열 살 정도?"라고 일부러 스트레이트로 대답했다.

"삐삑—이다옹."

사나는 고양이손으로 X자를 만들었다.

"어, 그럼 몇 살이야?"

"500살이다옹."

설마 했던 로리할멈이었다.

……설정이 너무 풍성하지 않나요.

하지만 그렇다면 캬바쿠라에서 일해도 합법이니, 굳이 따지자면 있을 법한가.

최근에는 표현규제라든지 아동 포르노라든지, 로리에 대한 비난도 강하니까 말이지…….

정말로 야박한 세상이구나…….

"손님의 직업은 뭐냐옹?"

먼 곳을 바라보자니 사나가 물었다.

"나는……."

또 몇 초 생각에 잠겼다. 만화가와 밥벌레 말고 뭐가 좋을까 생각하고는,

"마법사이려나."

싱긋 웃으며 그리 대답했다. 직업은 직업이지만 RPG 같은 그것이었다.

물론 사나는 태클을 걸지 않고,

"야옹……. 그러니 나와 영혼이 공명한 거다옹."

깊이 납득했다.

"이곳에서 만난 것도 무언가의 인연이다옹. 오늘은 내가 살 테니까 뭐든 좋아하는 걸 마셔도 된다옹."

시원시원하기는 했지만, 완전히 캬바쿠라 아가씨 실격인 말이었다.

하지만 거절하는 것도 촌스러우니.

"고마워, 그럼 잘 마실게."

쓴웃음을 지으며 받아들였다.

"사나가 추천하는 건 뭐야?"

"내 오리지널 포션이다옹."

"……포션?"

"그렇다옹. MP가 완전히 회복된다옹."

호오, 확실히 마법사 대상이었다.

"그럼 그걸 부탁할까나."

"알았다옹."

사나는 공손하게 머리를 숙이고는 진지한 표정으로 음료를 만들기 시작했다.

뭐가 나올까나—? 가슴을 두근거리며 기다렸다.

그러나 그 고양감은 금세 날아가버렸다.

"야옹……. 야야옹……. 아, 너무 넣었다옹……. 야옹, 이걸로 조정……."

콜라, 사과주스, 오렌지주스, 레몬티까지 네 종류의 음료가 믹스되어 있었다. 패밀리 레스토랑의 드링크바를 보고 들뜬 초등학생인가.

아니, 초등학생이긴 하지만…….

저래서야 설령 MP가 회복될지라도 HP가 깎일 것 같은데…….

"완성했다옹."

목적을 달성한 장인 같은 표정으로 사나가 잔을 내밀었다.

"어, 응……."

나는 전율하며 받아들었다. ……꽤나 역겨운 색깔이었다.

"맛은 보증 못 한다옹."

너무 솔직하잖아.

뭐, 진심으로 맛있어질 거라고 생각했다면 그건 그것대로 문제겠지만.

"좋은 약은 입에 쓴 법, 이라옹."

……아니, 몸에도 나쁠 것 같은데?

하지만 사나가 열심히 만들어준 포션이었다.

"자, 잘 먹겠습니다."

마시지 않겠다고는 할 수가 없어서, 결의를 다지고 입을 댔다.

——아아……. 당연하지만 역시 맛없네…….

하지만 무리하면 마시지 못할 정도는 아니었다. 기합을 넣고 단번에 들이켰다.

"야옹, 시원하게 잘 마신다옹."

텅 빈 잔을 내려놓자 사나가 짝짝, 박수를 쳐주었다.

"선생님, 멋있어요."

"……그러네, 지금 건 남자다웠어. 하루 주제에."

관객석에서도 칭찬의 말을 건넸다.

물론 나쁜 기분은 아니었다. 솔직히 무척 기분 좋았다.

과연. 이러니까 남자는 캬바쿠라에 빠져버리는 건가…….

"한 잔 더 만들까옹?"

"어, 그게 말이지."

칭찬해주었으면 해서 한 번 더 가버릴까—? 라고 분위기를 타려다가,

"아니, 덕분에 MP는 완전히 회복되었으니까 음료는 이제 괜찮으려나."

역시나 단념했다.

맛 운운은 제외하더라도, 이제까지 꽤 마셨으니 말이지…….

대신에 보답이라고 하면 뭣하지만, 이번에는 내가 베풀어주기로 했다.

물론 음료는 아니었다. 성희롱이었다.

"그보다도 사나의 팬티 색깔을 가르쳐줄래?"

교육방송에 나오는 오빠처럼 상쾌한 표정으로, 나는 물었다.

내용은 전혀 상쾌하지 않고 도리어 제삼자가 들었다가는 그 순간에 신고하겠구나……, 새삼스럽게 그런 생각이 들었다.

그러나 음험한 생각이 없기에 자연스럽게 이런 질문을 할 수 있는 것이었다.

즉 나는 울트라 신사. 이의는 인정치 않는 건 아니다만, 흘려듣겠습니다.

하지만 그런 울트라 신사인 나일지라도 사나의 이 대답에는 간담이 서늘했다.

"안 입고 있다옹."

"헤에, 그렇구나──아니, 진짜?!"

"야옹."

"……어, 정말로 안 입었어?"

진지한 톤으로 묻는 내게 사나는 시원스럽게,

"거짓말이다옹."

"거짓말인가."

젠장, 제대로 쫄았잖아…….

안도의 한숨을 내쉬며 어깨를 축 늘어뜨렸다.

"냐후후, 나는 미스테리어스한 여자다옹. 아무리 손님이라도 그리 간단하게 팬티 색깔을 가르쳐줄 수는 없다옹."

211

미스테리어스하지 않더라도 팬티 색깔은 그렇게 간단히 가르쳐주면 안 되겠지만.

그러나 비밀이라고 그러니까 괜히 더 알고 싶어지는 게 사람의 심리였다.

"흐응, 그렇다면 나한테도 생각이 있다고?"

"……뭐냐옹?"

"억지로 드레스를 들추고 직접 볼 거야."

속아서 분하다는 심정도 있어서, 나는 유치하게 말했다.

단연코 여자초등학생에게 해서는 안 되는 말이었지만, 토우카와 치즈루에게서는 이미 들은 이상, 사나만 빠져나간다면 불공평해지고 만다. 어쩔 수 없었다.

크크크……. 사악한 웃음을 지으며 선택을 밀어붙였다.

"순순히 항복하느냐, 나한테 억지로 보이느냐. 마음에 드는 쪽을 선택해."

"냐으으……. 어, 어떻게 하면 좋냐옹……."

입술을 깨물며 갈등에 잠긴 사나.

그때, 관객석의 대화가 들렸다.

"……저런 쓰레기 같은 악역은 애니메이션에서도 거의 본 적 없어."

"하지만 선생님의 저런 안타까운 면, 개인적으로는 귀엽다고 생각해요."

"아아, 그러네……. 그 심정을 조금은 이해하고 마는 나 자신이 싫어……."

싱긋 웃으며 말하는 토우카의 모습에 깊이 한숨을 내쉬는 치즈루였다.

안타까운 면이 귀엽다니, 너희는 정말로 천사구나…….

그렇다면 기대에 부응코자, 있는 힘껏 악역을 연기해야하지 않을까.

"크크큭……. 빨리 결정해라, 『칠흑의 고양이』."

나는 히죽 웃으며 관객석을 가리켰다.

"안 그러면 네 동료들도 무사하지는 못할 거라고?"

"야옹……?!"

눈을 부릅뜨며 경악하는 사나.

"──뭐?"

"어, 저희도 말인가요?"

치즈루는 깜짝 놀라서는, 토우카는 조금 기뻐하는 태도로 말했다.

아니, 그 부분에서는 기뻐하면 안 되잖아, 토우카…….

"그, 그만두라옹! 저 둘은 관계없다옹!"

사나가 황급히 일어서서는 둘을 지키듯이 버티고 섰다.

……처음에는 내가 보호를 받는 손님이었을 텐데. 설정이 흔들리고 있었다.

뭐, 그 부분은 기세와 분위기를 중시하는 걸로.

"크크큭……. 그렇다면 얌전히 팬티 색깔을 가르쳐주는 거로군."

"……아, 알았다옹……. 말한다옹……."

사나는 체념하고 고개를 숙였다.

"그 대신에 동료들한테는 손을 대지 않았으면 한다옹."

"훗, 알겠다. 네 각오를 높이 사서 약속해주지."

"야옹……. 사실은…………, 하늘색 줄무늬다옹."

수치와 굴욕으로 뺨을 물들이며 잔뜩 뜸을 들이고서, 사나는 자백했다.

"사나, 우리를 지키기 위해서……."

양손을 입가에 대고 감격한 모습인 토우카.

"……아니, 저건 아무리 봐도 그냥 분위기를 탄 거잖아."

치즈루는 날카로운 눈빛으로 눈치 없는 소리를 꺼냈다.

"그런가, 줄무늬인가! 크크큭, 취향이 꽤 괜찮잖아!"

"냐으으으……. 소녀의 팬티 색깔을 알아내서 어떻게 할 셈이냐옹!"

크게 웃음을 터뜨리는 나를 사나가 찌릿 노려봤다.

"훗, 알려주지. 내가 적을 마도서의 양식으로 삼을 거다."

"──앗, 그건 세계를 뒤흔드는 그 마도서냐옹?!"

"그래. 너희 『버터플라이 나이트』 녀석들을 초석으로 삼아주마!"

"이 무슨 비겁한 짓이냐옹……. 하지만 나는 절대로 악에 굴복하지 않는다옹!"

뭐, 그런 느낌으로.

그 후로 제한시간이 다 될 때까지 실컷 그렇게 놀았다.

"내 접객은 몇 점이냐옹?"

스마트폰 알람을 끄자 사나가 올려다보는 시선으로 물었다.

"어, 그게 말이지⋯⋯. 접객인지를 따지면 상당히 미묘하지만, 이래저래 즐거웠으니까 90점일까."

"야옹, 고득점이다옹."

"음, 특히 『칠흑의 고양이』 부분의 설정은 괜찮았어."

"──정말이냐옹?"

사나의 얼굴에 환히 꽃이 폈다.

"그래, 정말이야. 빈말 같은 게 아니라."

나는 머리를 쓰다듬으며 힘주어 고개를 끄덕였다.

"차라리 그걸 더 부풀려서 뭔가 만들어보면 어때?"

뭣하면 내가 베끼고 싶다는 느낌도 있었지만, 기왕이면 사나의 작품으로 보고 싶어서 그렇게 권유해봤다.

"야옹? 뭔가라니?"

"사나가 만들어보고 싶은 게 있다면 뭐든 괜찮아. 만화든 소설이든 그림책이든 게임이든, 일러스트만이라도 좋고 음악이나 애니메이션으로 해도 되고."

"야옹⋯⋯. 생각해볼게."

사나는 진지한 표정으로 고개를 끄덕였다.

계속 틀어놓았던 BGM이 꺼졌다.

마침 플레이리스트도 한 바퀴 돈 거겠지.

"⋯⋯그래서 결국 누가 우승이야?"

관객석에서 치즈루가 일어나서 입을 열었다.

"셋 다 90점이죠?"

토우카도 마찬가지로 일어서서는 이쪽으로 다가왔다.

"어떻게 할 거냐옹?"

사나의 시선에 나는 "으음" 하고 고개를 갸웃거렸다.

아니, 정말로 어떻게 한다…….

숫자가 말해주듯이 각자 개성적이라 엄청 즐거웠다.

누구 하나를 고르다니, 도저히 할 수 없을 것 같았다.

그렇기에 나는 이렇게 대답했다.

"좋아, 그럼 연장전을 하자. 지금부터는 셋이서 동시에 접객을 하는 거야."

"알겠어요."

"우와, 엄청 사치스러운 손님이네……. 딱히 상관없지만."

토우카는 즉답하고 치즈루도 허락해주었다.

"가게 매상을 위해서는 팀워크도 중요하니까 말이지. 그런 부분도 의식해서 있는 힘껏 내가 좋은 기분을 느끼게 만들어줘."

"야옹, 예전의 라이벌들이 목적을 위해서 함께 싸운다……. 이건 뜨거운 전개다옹."

내 말에 사나는 눈을 반짝반짝 빛냈다.

그리하여.

두 시간 뒤에 마야 씨가 돌아올 때까지, 로리 캬바쿠라는 무척 성황이었다.

마음이 맞는 동료와 연회를 즐기는 것 같은 상황이니까 당연히 즐거울 수밖에.

특히 배꼽 위치를 예상해서 거길 가리키는 『배꼽 맞추기 게임』 등등, 분위기는 최고조였다.

그러나 그만큼 누구 하나를 고르는 건 어려워서, 세 사람 모두 우승한 걸로 했다.

상품인 『텐도 하루 1일 승차권』을 새로 두 장 더 만들어서 각자에게 건네주자, 다들 무척 기뻐해주었다. 그 후에 나는 마야 씨한테 잔뜩 혼이 났지만, 로리들의 미소를 위해서라면 사소한 일이었다.

로리를 잉여로 만드는 구선

7월 말일 낮 시간.

내 방에서 나는 혼자 책상 앞에 앉아 있었다.

마야 씨는 평소대로 1층의 업무실에서 업무 중.

토우카와 치즈루도 일이 있고, 사나는 무언가 용무가 있다고 한다.

따라서 오늘의 예정 『외톨이』가 된 나는──.

웬일인지 아침부터 만화를 그리고 있었다.

……아니, 정확하게는 미처 그리지 못하고 있었다.

"으음, 어떻게 한다……."

의자 위에서 턱을 괴고 신음하며 손끝으로 펜을 만지작거렸다.

──어쨌든 로리들과 즐겁게 놀면 된다!

그런 상식의 범주에 얽매이지 않는 인풋 방법을 확립한 지도 이제 곧 한 달.

덕분에 즐거운 매일매일을 보내며 미소의 스톡을 머릿속에 잔뜩 만들 수 있었다.

그것이 문득 이어진 게 사흘 전, 로리 캬바쿠라 다음날이었다.

『어, 잘 풀릴지도?』

그런 반응을 얻고, 지난번처럼 콘티 없이 일단 그리기 시작해봤다.

혼자 있는 시간에 작업을 진행해서 전체의 8할 정도까지는 술술 펜이 움직였다.

체력도 기력도 충분. 이건 전작을 뛰어넘는 녀석이 될 것 같아!

……그렇게 생각했는데.

이야기가 클라이맥스에 들어간 참에 『뭔가 좀 다른데——』 상태에 빠지고는 완전히 손이 멈춰버렸다.

해피엔딩으로 한다고 결정하기는 했지만 그 부분에 이르기까지의 여정이 조금 지나치게 평탄한 것 같아서, 무언가 하나 더 산이 있었으면 좋겠다——는 느낌.

그때 꼬르르륵, 뱃속이 성대하게 울렸다.

"……배고프네."

그러고 보니 오늘은 아직 아무것도 안 먹었다.

일단 휴식을 취할 겸 식사를 하기로 했다.

1층으로 내려가서 냉장고에 들어 있던 샌드위치를 적당히 베어 물었다.

10분 남짓으로 전부 먹고 방으로 돌아왔다.

자. 공복을 채운 참에 나는 진지하게 생각했다.

작업을 재개해야 하느냐, 그러지 않느냐…….

뭐, 오늘은 이 정도면 됐나.

이럴 때는 일단 책상에서 떨어지는 편이 아이디어도 더욱 쉽게 떠오르겠지.

  딱히 마감을 설정한 것도 아니니까 서두를 필요는 없었다.

  태평하게 그리 생각하며 원고나 만화도구를 정리했다.

  치즈루가 얼굴을 비춘 건 그로부터 대략 한 시간 뒤였다.

  교복차림이었다. 즉, 일터에서 바로 왔다는 거겠지.

  "여전히 축 늘어져 있네……."

  침대에서 유유자적 만화를 읽는 나를 보고 치즈루는 질렸다는 듯이 말했다.

  "아니, 오전 중에는 꽤 진지하게 만화를 그렸다고?"

  "예이예이, 그런 걸로 해줄게."

  오른손을 팔랑팔랑 흔드는 치즈루. 대충 흘려 넘기고 말았다.

  ……안 믿는구나, 이 건방진 트윈테일 녀석.

  뭐, 평소의 소행 탓일 테니 딱히 상관없지만.

  "그보다도 그 커다란 쿠션은 뭐야?"

  날카로운 시선으로 쳐다보며 물었다.

  내 등 뒤에는 거대한 비즈쿠션이 있었다.

  "홋, 괜찮지? 어제 질러서 아까 도착했어."

  "……또 토우카의 돈으로 낭비했구나."

  "아니, 낭비가 아니라고. 이거 진짜 좋으니까. 치즈루도 이쪽으로 와봐."

만화책을 덮고 옆을 툭툭 두드렸다.

어쨌든 폭이 1미터 넘게 있으니까 말이지. 둘이라도 여유롭게 쓸 수 있었다.

"……뭐, 상관없는데."

치즈루가 침대로 올라와서 내 옆에 앉았다.

쿠션이 살짝 가라앉아서 좋은 느낌으로 몸에 딱 맞았다.

어라, 엄청 순순히 따르네.

치즈루의 경우 『오라』고 하면 처음에는 반발할 거라고 생각했다.

게다가 거리가 꽤 가까웠다. 치즈루의 트윈테일이 위팔을 간질였다.

혹시 드디어 데레의 시기가 도래했나?

아니, 그런 분위기도 아닌데…….

"흐응, 확실히 나쁘지 않네. 기분 좋아."

"그렇지―?"

절절하게 감상을 늘어놓는 치즈루를 향해 나는 싱긋 웃으며 대답했다.

"너무 위험해서, 이걸 사용하면 사람이 점점 잉여가 된단 말이지."

"굳이 이걸 사용하지 않아도 하루는 이미 잉여인――."

치즈루의 말이 부자연스럽게 끊겼다.

"어?"

"……아무것도 아냐."

치즈루는 가냘프게 고개를 가로저었다.

역시 어째 상태가 이상했다.

평소의 치즈루라면 아마도 이렇게 말했을 테지.

──굳이 이걸 사용하지 않아도 하루는 이미 잉여인간이 잖아.

정확하고 호된, 날카로운 태클. 이걸 중간에 삼킨 이유는 뭐지?

수상쩍게 생각하자니,

"……뭐, 오늘은 나도 남한테 뭐라고 못 하겠지만."

치즈루가 시원치 않다는 표정으로 그렇게 중얼거렸다.

"뭐야, 혹시 일을 땡땡이치고 왔어?"

"……응. 작은 교류회긴 하지만, 도중에 빠져나와버렸어."

농담처럼 물었는데 아무렇지도 않게 긍정해버렸다.

책임감이 강한 치즈루가 땡땡이…….

어울리지 않는 언동에 당황하며 나는 또다시 놀리듯 말했다.

"그러니까 일을 땡땡이치면서까지 나를 만나러 왔다는 거 구나?"

아무리 그래도 이 말에는 얼굴을 새빨갛게 물들이며 화를 내겠지.

그렇게 기대했건만──.

"……뭐, 그런 느낌이네."

치즈루는 자조하듯 웃으며 수긍했다.

…………아니 잠깐만, 진짜로 대체 어떻게 된 거야.

놀라움을 넘어서 무척 걱정이 되기 시작했다.

무의식적으로 치즈루의 이마로 손을 뻗었다.

"잠깐, 뭐하는 거야."

금세 짜증난다는 듯이 뿌리쳤다.

"아니, 열이라도 있나 싶어서."

"뭐? 딱히 그런 거 아니거든."

"그런 모양이네. 열은 없었어."

"……어째서 잠깐 댄 것만으로 아는 거야."

"항상 스킨십을 하니까 말이지. 그 정도는 조금만 만져보면 알아."

"이력서에 적는 것만으로 신고당할 것 같은 그 특기는 대체 뭐야……."

치즈루는 질겁하듯 얼굴을 찌푸리며 몸을 스르륵 물렸다.

아니, 정말 진심으로 물러나진 말라고. 상처받잖아…….

그러나 그 태클에는 안도했다.

성량은 부족하지만 그 정도 여유는 있는 모양이었다.

"무슨 안 좋은 일이라도 있었어?"

심각하게 생각해봐야 어쩔 수 없겠다 싶어서 스트레이트로 물었다.

하지만 호감도가 떨어져버린 탓인지 고개를 홱 돌려버렸다.

"……시끄럽네. 하루랑은 관계없잖아."

아니, 일을 빼먹고 찾아와서는 그것도 모자라서 응석을 부리듯 몸을 기댔으면서 관계없다고 그래도 말이지…….

쌀쌀맞은 태도에 작게 한숨을 내쉬었다.

치즈루는 자존심이 강하다. 이렇게 되면 순순히 이야기해
주지 않겠지.

이것 참, 어쩌면 좋을까⋯⋯.

10초 정도 생각하다가 퍼뜩 떠오른 걸 입에 담았다.

"그럼 대신에 다른 부탁을 들어줘."

"어째서 그런 이야기가 되는데."

"괜찮아. 치즈루한테도 메리트가 있는 일이니까."

"⋯⋯일단 들어는 줄 테니까 말해봐."

경계심을 훤히 드러낸 치즈루를 향해 나는 신사적인 미소
를 띠며 말했다.

"지금부터 나랑 데이트해줘."

"――뭐?"

그리하여, 당황한 치즈루를 반쯤 억지로 끌어내어⋯⋯.

토우카네 집에서 무척 가까운 곳에 있는――노래방으로
왔다.

내 책략은 이러했다.

――즐겁게 놀고 기분이 풀리면 틀림없이 치즈루도 전부
털어놓을 거야!

스스로도 얄팍하구나 싶었지만, 그대로 집에 있는 것보다
는 낫겠지.

실패해도 딱히 손해볼 것도 없고.

참고로 마야 씨한테도 말을 할까 고민했지만, 일부러 둘이서만 오기로 했다.

업무를 방해하는 것도 뭣하고, 모처럼의 기회니까 말이지.

"……왜 이런 곳으로 와야 되는데."

프리타임으로 접수를 하고 방으로 들어온 참에, 치즈루가 한숨을 내쉬며 불평했다.

"뭐, 괜찮잖아. 큰 소리를 내면 스트레스 해소도 될 테고."

나는 쓴웃음을 지으며 달랬다.

"스트레스라니, 하루한테는 그런 거 없잖아."

이건 태클이라기보다 그냥 싫은 소릴 던지는 거겠지.

"뭐, 그러네. 하지만 치즈루는 쌓여 있잖아?"

"난 딱히……."

"뭐, 일단 앉자고."

그렇게 재촉해서, 고급스러운 느낌의 소파에 나란히 앉았다.

폭신폭신해서 앉은 느낌이 무척 편했다.

치즈루는 『이런 곳』이라고 했지만, 무심하게 급이 높은 가게를 고른 것이었다.

타깃은 나름대로 수입이 있는 사회인, 아니면 실버세대겠지.

미팅이나 놀이는 물론, 뭣하면 장사 이야기를 나누는 데에도 쓸 수 있는 곳이었다.

덕분에 방은 고급호텔 라운지처럼 깔끔했다.

벽에는 커다란 공기청정기가 설치되어 있어서 담배냄새

같은 건 전혀 없었다.

당연한 이야기지만, 돈을 내면 그만큼 서비스가 좋아지는
구나…….

고등학교에 다닐 무렵에 이용했던 싸구려 노래방을 떠올
리고는 새삼스레 그런 사실을 통감했다.

"그럼 얼른 노래할까. 치즈루부터 먼저 예약해도 돼."

리모컨을 건네며 말하자 치즈루는 곤란하다는 듯 미간을
찌푸렸다.

"……그러라고 해도, 솔직히 잘 모르겠는데."

"어? 혹시 노래방에 처음 와봤어?"

"응."

"아, 그런가."

생각해보면 나도 처음으로 노래방에 온 것은 초등학교 6
학년 정도였던 것 같다.

아가씨라면 더더욱 이런 곳에 올 기회도 없겠구나.

"그럼 처음은 같이 부를까."

"……나는 사양할게. 하루 혼자 불러."

"어떤 애니송이 좋아?"

"남의 이야기를 좀 들으라고. 그보다, 어째서 애니송이 전
제인데."

"내가 거의 애니송밖에 모르니까. 아, 이거라면 치즈루도
부를 수 있겠지? 요전에 같이 본 애니메이션이니까."

"……뭐, 아마도 부를 수 있을 것 같지만."

"좋아, 결정."

스타일러스 펜으로 조작해서 모 애니메이션 주제가를 예약했다.

마이크를 준비하는 동안에 화면이 바뀌었다.

마이크 둘 중에 하나를 치즈루에게 건네자 때마침 인트로가 흘러나왔다.

오랜만에 노래방에 와서 점점 고양되는 기분으로, 나는 큰 목소리로 노래하기 시작했다.

"──아니, 치즈루도 불러!"

마이크를 손에 들고 있으면서도 노래하는 척도 하지 않는 치즈루에게 태클을 걸었다.

"……노래하겠다고는 한마디도 안 했잖아."

"에이─, 여기까지 와서 그러면 어떡해. 진짜 부탁할게. 귀여운 여자아이랑 같이 애니송을 부르는 거, 동경했거든."

"그런 거 내가 알 바 아니잖아."

"……헤에, 네가 그런 식이라면 나한테도 생각이 있지."

"뭐, 뭐야? 이상한 짓 하면 당장 신고할 거라고?"

눈을 가늘게 뜨며 목소리 톤을 낮추자 치즈루는 살짝 겁먹은 듯이 대답했다.

"안심해. 물론 치즈루를 상처 입힐 법한 짓은 안 해."

"……그럼 뭘 할 생각이야?"

"엎드려서 빌 거야."

나는 굳이 소파에서 내려와서는 바닥에 무릎을 꿇었다.

그리고는 앞서 말한 대로,

"부탁드립니다! 부디 저와 함께 애니송을 불러주십시오!"

완벽한 자세로 엎드려 빌었다.

"······그런 이유로 여자초등학생한테 엎드려서 빌다니, 남자로서 좀 어떠려나?"

질렸다는 듯한 목소리가 머리 위에서 쏟아졌다.

"훗, 로리네 밥벌레한테 이 정도야 아무것도 아니거든."

고개를 들고 사나운 미소를 지었다.

그러자 위치 관계상 치마 안쪽이 보이려는 걸 깨달았다.

부드러운 허벅지가 만들어내는 매혹의 틈.

시선을 피할지 고민했지만 지금은 내 성의를 전하는 것이 우선이었다.

시야에 들어와버리는 건 어쩔 수 없다고, 그렇게 결론을 내리기로 했다.

"아니, 그런 정열적인 눈빛으로 말해봐야 요만큼도 안 멋있거든."

"치즈루랑 듀엣을 할 수 있다면 그런 거야 아무래도 상관없어."

"············."

딱 잘라 말하자 치즈루는 입을 다물더니 입술을 오물오물했다.

부끄럽나보다. 뺨에는 어렴풋이 붉은 기운이 드리웠다.

한 번 더 밀어붙여야겠다 싶어 나는 더더욱 당당하게 말했다.

"뭣하면 이대로 알몸으로 빌어도 상관없을 정도야."

"그건 관둬."

"어? 알몸으로 비는 건 취향이 아닌가?"

"당연하잖아. 아니, 애당초 그냥 엎드려서 비는 것도 싫어."

"그럼, 내가 알몸으로 비는 게 싫다면 단념하고 나랑 듀엣을 해줘."

"……대체 프라이드가 어디까지 바닥이어야 그런 최악의 위협을 할 수 있는 거야."

싸늘한 시선으로 야유했다.

"후하하, 도리어 감탄해버렸지?"

"뻔뻔하게 굴지 마."

"참고로 이걸 거부한다면 치즈루는 내 알몸이 보고 싶었다는 걸로 받아들일 테니까."

"…………아―, 정말이지. 알았다고……. 같이 불러줄게."

치즈루는 깊이 한숨을 내쉬고는 지긋지긋하다는 표정으로 그리 말해주었다.

"만세! 역시 치즈루! 무지하게 기뻐!"

"……그런 건 됐으니까 일단 소파에 앉아."

"아니, 감사의 마음을 전하기 위해서 이대로 엎드린 채 노래할게!"

"그만둬. 혹시라도 점원이 본다면 최악의 경우에는 신고 당한다고."

"……확실히 그건 곤란하겠네."

진지한 표정으로 너무나도 정론인 내용의 주의를 받고, 나는 치즈루 옆으로 돌아왔다.

리모컨을 조작해서, 틀어두었던 노래를 일단 껐다.

처음부터 다시 부르기 위해 곡 이력에서 다시 예약했다.

그리고 이번에는 치즈루도 머뭇머뭇 노래해주었다.

처음에는 부끄러운 모양이었지만 익숙해지자 시원스럽고 예쁜 목소리를 선보여주었다.

"오오, 처음인데도 엄청 잘 하는데."

노래가 끝난 뒤, 빈말이 아니라 진심으로 칭찬했다.

"……고, 고마워."

치즈루가 아주 마음이 없지는 않다는 태도로 수줍게 미소 지었다.

"그러는 하루야말로 가창력은 어쨌든 기분 좋게 부르더라."

"하하, 부끄럽네—."

"……일단 말해두겠는데, 딱히 칭찬하는 건 아니니까 말이지."

그렇게 쏘아붙이며, 치즈루는 입가를 느슨히 풀었다.

나도 마음속으로 미소 지었다. 계획대로 조금씩 기운이 나는 듯했다.

역시 음악의 힘은 위대하구나.

단기간에 사람의 마음을 움직이는 데에는 아마도 최강의 엔터테인먼트겠지.

만화에는 없는 요소니까 살짝 질투라고 할까, 분하다는 심정도 있었지만.

어쨌든 이런 분위기로 실컷 부르자고!

그렇게 한 시간 정도 논스톱 듀엣이 이어졌다.

다섯 곡 정도부터 치즈루도 적극적으로 노래를 입력하게 되어, 잔뜩 불러댔다.

"좋아, 그럼 다음은 이 『가슴 출렁출렁 대작전』을 부르자고."

"대체 무슨 곡이야!"

"어, 몰라?"

"알 리가 없잖아! 그보다도 애당초 여자랑 듀엣이니까 좀 더 제대로 된 노래를 고르라고, 바보 아냐!"

덕분에 치즈루의 태클에도 평소의 짜증(성량)이 돌아왔다.

"……어째서 매도당하는데 기뻐하는 거야, 기분 나빠."

히죽거리자니 치즈루가 차분한 시선을 보냈다.

"아니, 역시 기세 좋게 태클을 당하는 건 기분 좋구나—싶어서."

"——아."

치즈루는 『저질렀다』라는 것처럼 입술을 깨물었다.

"응? 왜 그래?"

"……아무것도 아냐."

트윈테일을 가냘프게 좌우로 흔들고는 치즈루가 작게 한숨을 내쉬었다.

아—앙. 이건 그러니까, 그거구나? 말과는 달리 사실은 뭔가 있다는 거구나?

여심은 잘 모르겠지만 로리심에는 통달한 나였다.

치즈루의 동작에서 그리 결론지었다. 아니, 누구라도 그렇게 생각하겠지.

"말하고 싶은 게 있다면 똑바로 말해."

거들먹거리는 교사 같은 말투로 말했다.

치즈루는 쓴웃음을 지으며 이렇게 대답했다.

"……하루는, 정말로 바보야."

"실례되는 소리를 그렇게나 절실하게 말하지 마."

"……그러네, 미안해. 하루한테도 할 말, 못 할 말이 있는데."

"아니, 그런 게 아니라, 기왕 매도할 거라면 기세 좋게 해달라는 거야."

익살맞게 말하자 어째선지 원망하는 시선으로 노려봤다.

"……네가 그런 식이니까 나도 저질러버리는 거라고……."

흠. 그 말로 미루어보자면, 역시 오늘 일하는 중에 뭔가 한바탕 저지른 거겠네.

"저질렀다니, 뭘?"

물론 추궁하기로 했다.

"……아까 교류회에서 빠져나왔다고 그랬잖아? 거기서

거래처 사장님한테 실례되는 짓을 해버렸어."

아무리 그래도 더는 고집을 부릴 수 없었는지, 치즈루는 조금씩 이야기해주었다.

사실은 누군가에게 이야기하고 싶었을지도 모른다.

"실례되는 짓이라니?"

"……태클."

"헤에, 어떤 태클?"

아재개그를 상대로 『하나도 재미없다』든지, 그런 느낌이려나 예상했다.

"그 사장님이 말이지, 『폐사는 손님을 최우선으로 생각합니다. 그러니까 저희 영업에서는 상품의 단점 같은 것도 숨김없이 전하고 있습니다』라고 그랬거든. 그래서 무심코 태클을 걸어버렸어……."

"뭐라고 그랬는데?"

흥미가 끌려 맞장구를 쳤다.

훌륭한 경영방침이니 딱히 태클을 걸 곳은 없어보였다.

잔뜩 틈을 두고, 치즈루는 말했다.

"…………『그럼 우선 그 가발을 벗어』라고……."

"아하하하하하하!"

진짜냐, 쩌네. 역시나 우리의 태클 퀸이었다.

배를 붙잡고 폭소해버렸다.

"······웃을 일이 아니야."

치즈루가 떨떠름한 표정으로 항의했다.

"크크큭, 미안. 하지만 이걸 듣고 웃지 말라는 게 무리잖아."

"······뭐, 그러네. 그 자리에서는 아빠도 웃었을 정도니까."

"거래중지라든지, 그런 일이 되진 않았어?"

"그건 괜찮아. 아빠의 친구이기도 하고, 무엇보다도 상냥한 사람이었으니까. 웃으면서 용서해줬어."

"그건 다행이네."

그렇다면 걱정 없이 웃을 수 있었다.

"하나도 다행 아니거든······. 덕분에 엄마한테 잔뜩 혼이 났으니까······."

치즈루가 말하길, 평소부터 험한 입버릇 때문에 주의를 받았는데 거기에 이번 폭언까지 겹쳐지자 어머니의 분노가 엄청났다나.

문득 기억이 이어졌다.

"아, 그런가. 그러니까 나한테 태클을 거는 것도 조심스러웠나."

풀이 죽었다는 것보다도 그쪽이 더 큰 요인인 듯했다.

"응······. 나쁜 버릇이라는 건 나도 잘 아니까 이래봬도 반성하고 있어. 온천에서도 그게 원인이 되어서 토우카랑 싸웠으니까 평소부터 더 얌전하게 굴어야 되는데······."

"············."

치즈루의 울적한 심정 토로에 나는 말문이 막혀버렸다.

235

진지하게 고민한다는 것이 아플 만큼 전해졌다.

개인적인 의견을 말하자면……. 치즈루는 이제까지 그대로 괜찮다고 생각한다.

억지로 바꿀 필요 따윈 없다. 오히려 바꾸지 않았으면 한다.

……하지만 그걸 가볍게 말할 수는 없었다.

당연하지만, 나와 치즈루는 살고 있는 세계가 달랐다.

──정치가도 실언을 하고는 하니까 좀 더 적당적당히 살자고.

그런 소릴 하는 건 너무도 무책임했다.

무거운 침묵이 내려앉았다. 노래방 기기 화면에서는 5인조 아이돌이 신곡을 선전하고 있었다. 그녀들에게 죄는 없지만 밝은 목소리가 거슬리게 느껴졌다. 아이돌답게 단정한 용모였다. 하지만 로리들의 미소가 내게는 훨씬 매력적으로 여겨졌다.

무어라 말을 걸어야 좋을지 알 수가 없어, 작게 한숨을 내쉬며 시선을 치즈루에게로 되돌렸다.

치즈루의 눈에는 어렴풋이 눈물이 어리어 있었다.

가슴이 욱신거리며 아프고 머리에 피가 올랐다.

──야, 텐도 하루. 지금 뭐하고 있는 거냐.

무신경한 소리를 하는 건 논외지만, 그렇다고 해서 아무 것도 하지 않는 것 역시 잘못이겠지.

자신이 무엇을 할 수 있을지 생각해라. 어떻게 하면 그녀는 웃어줄까?

로리가 미소 짓게 만들지 못한다면 로리네 밥벌레 따윈 그만둬버려!

그리 생각하는 것과 동시에 나는 소파에서 일어났다.

이것이 정답인지는 알 수 없었다. 다만 치즈루가 알아줬으면 하는 생각이 있었다.

"미안해, 치즈루. 미안하지만 잠깐만 여기서 기다려줘."

"어?"

"금방 돌아올 테니까!"

일방적으로 그리 말하고는 방을 뛰쳐나갔다.

복도를 나아가고 계단을 뛰어올라 가게 밖으로. 인정사정 없는 한여름의 햇살이 쏟아졌다. 눈이 부셔 가늘게 뜨며, 익어버릴 것만 같은 더위에 얼굴을 찌푸렸다. 그러나 기 죽어 있을 때가 아니었다.

은둔형 외톨이의 몸에 채찍질을 가하며 토우카의 집으로 가는 길을 전속력으로 내달렸다.

금세 호흡은 거칠어지고 땀이 뿜어 나왔다. 한 걸음 내디 딜 때마다 두 다리가 비명을 질렀다.

──젠장, 역시 평소부터 운동을 해뒀어야 하나!

새삼스레 그런 생각을 하며, 어쨌든 있는 힘을 다하여 달 린다. 달린다. 달린다!

1초라도 빨리, 치즈루의 우울을 날려버리는 거다!

근성으로 수백 미터를 주파하여 토우카네 집에 다다랐다. 아직 끝이 아니었다. 쉬지도 않고 집 안으로 들어갔다. 3층까지 올라가는 게 엄청 힘들어서 다리를 삘 뻔했다. 내 방으로 들어가서 휘청거리며 책상으로 다가갔다. 서랍을 열었다. 손에 밴 땀을 옷으로 훔치고 요번에 막 그린 원고를 손에 들었다. 읽는다. ──음, 역시 나는 틀리지 않았어.

그리 확신하고 한 페이지만 빼냈다. 종이만 달랑 들고 가자니 좀 그래서 봉투에 넣었다.

자, 또 한 번 힘을 내보자. 봉투를 손에 든 채로 방에서 나갔다. 구르지 않도록 주의하며 계단을 내려갔다. 밖으로 나와서 또 내달렸다. 기분은 그야말로 메로스(다자이 오사무의 소설 『달려라 메로스』의 주인공. 약속을 지키지 않으면 친구를 죽이겠다는 왕의 말에, 그 친구를 구하기 위하여 온힘을 다해서 달린 것으로 잘 알려져 있다)였다. 하루는 분투했다. 반드시 그 츤데레를 웃게 만들어야만 한다고 결의했다. 그리고 진심으로 생각했다.

다음에 토우카한테 자전거를 사달라고 하자.

"──잠깐, 하루?! 괜찮아?!"

죽을 것만 같은 상태로 노래방으로 돌아와서 소파에 엎어지자, 치즈루가 눈을 동그랗게 뜨며 말을 걸어주었다. 나는 마구 숨을 몰아쉬며 "괘, 괜찮아"라고 대답하고는 봉투를 건넸다.

"어, 이거 뭐야?"

"……안에, 들어 있는 걸, 봐줘."

치즈루는 말없이 받아들고는 조심스럽게 원고를 꺼냈다.

사실은 한 페이지만 보여준다는 어중간한 짓은 하고 싶지 않았지만…….

어떻게든 이 자리에서 치즈루에게 보여주고 싶은 부분이 있었다.

치즈루를 모델로 한 캐릭터가 화려하게 독설 태클을 날리는 장면이었다.

"…………."

치즈루는 입을 다문 채로 찬찬이 내 그림을 바라봤다.

나는 호흡을 가다듬으며 몸을 일으켰다.

모두 불태운 권투선수 같은 자세로 앉아서 미지근해진 우롱차로 목을 적시고, 물었다.

"어떻게 생각해?"

"……어떻게, 라고 그래도…….."

"엄청 귀엽잖아?"

곤혹스러워하는 치즈루에게 득의양양한 표정으로 말했다.

"내가 이렇게 말하는 것도 뭣하지만, 이 컷은 엄청 마음에 들거든. 치즈루의 매력을 제대로 그려낼 수 있었구나, 해서."

"……매력이라니, 나한테는 폭언을 하는 걸로밖에 안 보이는데."

"그건 아냐. ……아니, 확실히 이 부분만 보면 그렇게 생각하는 것도 무리는 아니겠지만, 이건 폭언이 아니라 태클이야."

"……그게 뭐가 다른데?"

"태클은 사랑이 없으면 못 걸어."

"……혹시 바보 취급 하는 거야?"

"그럴 리가 없잖아."

불쾌하다는 눈빛으로 바라보는 그녀에게 나는 쓴웃음을 지으며 해설했다.

"잘못된 언동을 제대로 정정하는 지겹고 골치 아픈 일은, 사랑이 없다면 할 수 없잖아? 웃긴다는 의미만이 아니라 일반적인 주의도 포함해서 말이야. ……뭐, 가끔은 폭언이랑 구별할 수 없는 사람도 있겠지만, 적어도 치즈루의 태클에는 제대로 사랑이 담겨 있다고 생각해. 가발을 지적해도 용서를 해준 게 그 증거겠네."

"…………."

내 말을 음미하는지 치즈루는 입을 다물었다. 잠시 후,

"……만약에 그렇다고 해도, 그래서 무슨 말을 하고 싶은 건데?"

찌푸린 표정으로 그렇게 물었다.

"으음, 요컨대, 그거야."

얌전히 굴지 않아도 된다. 자연스러운 모습 그대로도 괜찮잖아.

내 입장에서는 무책임하게 그런 말을 할 수는 없겠지만…….

하지만 확실한 것도 있었다. 가슴을 펴고 단언하자.

"올바른 말을 거침없이 해주는 치즈루가, 나는 정말로 좋다는 거야."

"——!"

심플하게 내 마음을 전하자 치즈루의 뺨이 화악 붉게 물들었다.

그리고 우물쭈물 입을 열었다.

"…………고, 고마워. 그렇게 말해주는 건, 그게, 기뻐."

기대 이상으로 귀여운 반응에 몰래 가슴을 쓸어내렸다.

아무래도 나름대로 와닿은 모양이었다.

이랬는데 혹시 『그게 뭐야, 기분 나쁜데?』 같은 태클이 날아왔다면, 제아무리 나라도 완전히 침몰해버렸겠지. 아니, 그건 그것대로 재미있으니까 괜찮았을지도.

"그리고 그렇게 생각하는 건 나뿐만이 아니라고. 다른 사람들도 같은 마음일 거야."

"……정말로?"

"그래. 뭣하면 지금 물어볼까?"

스마트폰을 꺼내어 토우카와 사나와 마야 씨에게 문자를 보냈다.

『치즈루의 가식 없는 말투를 어떻게 생각해?』라고.

세 사람 모두 한창 업무 중이었을 테지만 금방 대답해주었다.

우선 토우카.

『무척 좋다고 생각해요! 이야기를 나누면 기분이 좋아요!』

이어서 사나.

『야옹, 멋있다고 생각해. 나도 본받고 싶은 굉장한 스킬이다옹.』

마지막으로 마야 씨.

『자신의 의견을 제대로 말할 수 있는 건 훌륭한 일이라고 생각해요.』

당연하다는 것처럼 포지티브한 내용에 나는 득의양양하게 웃었다.

"그렇지? 우리한테는 틀림없는 장점이라고."

"······응."

치즈루는 잡아먹을 듯이 화면을 바라보며 붉은 얼굴로 고개를 끄덕였다.

감격한 건지 눈동자가 살짝 젖어 있었다.

아까 전과는 다른, 따뜻한 눈물.

놀리는 건 자중하고 부드러운 미소를 지어보였다.

"그러니까 치즈루만 괜찮다면 우리한테는, 특히 나한테는 앞으로도 가감 없이 태클을 날려줘. ──정확하게는, 그렇지. 업무 같은 데서는 참도록 하고, 그만큼을 나한테 발산하는 건 어때? 그러면 원원 관계가 될 수 있겠지?"

"······그렇게 하면 내가 득을 보는 것 같은데."

"그렇게 생각한다면, 그대로 응석을 부리면 돼. 치즈루가 득을 본다면 나도 기뻐."

"…………알았어."

치즈루는 고개를 끄덕이며 소악마 같은 미소를 지었다.

"그렇다면 전혀 사양하지 않을 테니까 각오해."

"오우, 바라던 바야. 그 대신에 나도 이래저래 자유롭게 굴 테니까."

"……그런데 생각해보면 하루의 경우에는 항상 너한테 잘못이 있으니까, 내가 굳이 사양할 필요 따윈 처음부터 없잖아."

"역시 치즈루. 벌써 이렇게 날카로운 태클을 펼치는구나."

"아니, 태클이 아니라 그저 사실을 말했을 뿐이니까."

날카로운 눈빛으로 그리 말하고──툭.

이쪽으로 몸을 기울이고는 어깨에 자그마한 머리를 기댔다.

"오, 이건 또 신선한 태클이네."

"……시끄러워, 바보."

싱글싱글 웃으며 말하자 츤츤대는 목소리가 돌아왔다.

그리고 부끄럽다는 듯 올려다보는 시선으로,

"응석을 부리면 된다고 그랬지? 그러니까 내 쿠션이 되도록 해."

"과연. 사람을 잉여로 만드는 쿠션이 아니라, 잉여인간 쿠션인가."

"……나도 영향을 받아서 잉여인간이 되어버린다면 책임지라고."

"밥벌레가 질 수 있는 범위라면, 기꺼이."

그때는 로리네 밥벌레 말고 또 하나의 직함을 추가하자.

로리를 잉여로 만드는 쿠션.

으음, 내가 생각해도 지독하게 쓰레기 같구나…….

"그보다도 땀을 흘렸는데, 괜찮아?"

"…………기분 나쁘지만, 참을게."

이러저러해서.

그 후로 완전히 부활한 치즈루와, 주어진 시간 내도록 애니송을 불러댔다.

치즈루는 이 오락이 무척 마음에 든 모양이라,

"오늘은 이래저래 고마워. 정말로 즐거웠어. 또 데려가 줘."

가게를 나와서 토우카네 집으로 돌아가며 그런 식으로 말해주었다.

아니, 그건 오히려 내가 할 말이었다.

어쨌든 계산을 한 건 치즈루니까 말이지…….

내가 내는 건 다시 말해 토우카가 낸다는 의미이기에 그건 아무래도 미안하다고 그래서.

덕분에 계산할 때, 점원이 놀라는 모습이 재미있었다.

충격적인 말

치즈루가 돌아가고 가볍게 저녁을 먹은 뒤.

나는 내 방 책상 앞에 앉아서 만화 작업을 재개했다.

오늘은 이제 그만할 생각이었지만……

아이디어가 떠올라버렸으니까 어쩔 수 없었다.

한 번 막혔던 게 거짓말이었던 것처럼 펜이 경쾌하게 움직였다.

대략적인 흐름은 거의 지난번 단편과 마찬가지였다.

로리들이 다양한 옷을 입고 힘든 미션에 도전한다.

어느 스시집의 경영이 위험하다! 게다가 망한다면 세계가 붕괴?! 스시 장인이 되어 가게를 번성하게 만들어라!

패션쇼 모델 대역을 의뢰받았다! 흥하지 않으면 세계가 붕괴한다나, 안 한다나?! 어쨌든 최신 유행을 화려하게 소화해라!

세계 제일의 워터 슬라이더에 의문의 슬라임 몬스터가 발생! 이대로라면 세계가 붕괴할 것 같으니까 즉시 조사하고 배제하라! 괜찮아, 모두 함께 하면 무섭지 않아! 거유 메이드의 노출(건전)도 있다고!

여름 감기가 유행해서 어느 캬바쿠라 가게의 접대역이 부족하다! 아니, 초등학생한테 뭘 어쩌라고?! 뭐, 자잘한 건 신경 쓰지 마! 매상이 나쁘면 세계가 붕괴할지도 모른다고!

그리고 그 캬바쿠라 최대의 핀치가 찾아온다…….

트윈테일 로리의 너무도 날카로운 태클이 작렬해서 손님이 도리어 화가 나게 만들어버렸다!

하지만 우울한 전개는 두 컷으로 끝!

풀 죽은 트윈테일을 동료들이 위로하고 괘씸한 불한당을 혼내준다!

마지막에는 가게 노래방 기계로 다 같이 떠들썩하게 놀면서 대단원!

때로는 세계의 붕괴와 연관되지만 그 이유는 나도 모른다.

로리들의 생생한 미소를 그릴 수 있다면 다른 건 어찌되든 상관없는 것이었다.

유리한테 보여주면 또 엉망진창이라고 그러겠지만, 어쩔 수 없으니까 말이다.

왜냐면 나는.

──로리네 밥벌레니까.

그리하여.

어쨌든 완전히 몰두해서는 마지막까지 완성하고, 그대로 모든 페이지의 마무리에 들어갔다.

정신이 드니 창밖은 밝아져 있었다.

……오오, 진짜냐.

모처럼 아침형 생활 리듬을 획득해놓고는 오랜만에 철야를 하고 말았다.

그 사실을 의식하자 단숨에 피로가 덮쳐들었다.

하지만 조금만 더 하면 되니까 이대로 완성시켜버리자.

표정을 살짝 조정하고, 그림자나 프릴을 보충한다.

배경이나 소도구, 그 이외에도 신경이 쓰이는 부분에 자잘하게 손을 댔다.

그리고 오전 일곱 시를 지날 무렵.

"——좋아, 다 했다."

납득할 수 있는 완성도에 도달했다.

총 스물한 페이지.

목표인 월간 서른 페이지에는 상당히 부족하구나…….

뭐, 하지만 제대로 한 편을 완성했으니까 일단은 합격으로 해두자.

펜을 놓고 달성감에 잠기며 크게 기지개를 켰다.

몸은 휴식을 원하고 있었지만 고양된 탓에 딱히 잠이 오지는 않았다.

슬슬 토우카도 깨우러 올 테니까 원고를 건네고 잘 생각이었다.

……그전에 샤워를 하고 올까.

계속해서 작업을 한 탓에 몸이 조금 끈적끈적했다.

책상 위를 대충 정리하고 욕실이 있는 1층으로 내려갔다.

아침이라 씻고 있던 마야 씨와 탈의실에서 딱 마주쳤다.

같은 멋진 해프닝도 없이, 평범하게 씻고 산뜻해졌다.

살짝 배가 고파서 주방을 들렀다.

냉장고에 들어 있던 생 햄이나 치즈 같은 걸 적당히 먹었다.

만족한 참에 방으로 돌아왔다. 계단을 올라오는 도중에 무언가 소리가 들렸다.

토우카나 마야 씨가 깼을지도 모르겠다.

2층 거실을 들러보니 역시나 토우카가 방에서 나왔다.

복장은 교복이었다. 손에는 커다란 가방이 들려 있었다.

그렇다는 건 즉, 벌써 일을 하러 가는 걸까.

그렇다면 만화를 줄 타이밍은 어떻게 한다.

어쨌든 우선은 이야기를 들어볼까 싶어서,

"좋은 아침—."

다가가며 말을 걸었다.

"아, 선생님. 안녕히 주무셨어요."

토우카는 환하게 미소 지으며 명랑하게 인사해주었다.

"벌써 일어나셨군요. 마침 잘 됐어요."

일어났다기보다 애초에 잠을 안 잔 거지만, 그런 설명은 뒤로 미루어놓고.

"마침, 이라니 무슨 말이야?"

"……그게, 갑작스레 죄송하지만 실은 선생님께 긴히 부탁드릴 게 있어요."

"헤에, 뭔데? 내가 할 수 있는 일이라면 뭐든지 할게."

친애하는 토우카의 부탁이라면 거절할 이유는 어디에도 없었다.

"감사합니다."

가볍게 받아들이는 내게 토우카가 진지한 표정으로 말했다.

"그게 말이죠, 혹시 괜찮으시다면 좋겠는데⋯⋯."

"응."

"저, 저랑⋯⋯, 아으⋯⋯."

무척 말하기 힘든 내용인지 그 부분에서 부끄러운 듯 머뭇거렸다.

이런, 이 생물은 대체 뭐지. 엄청 귀여워.

뺨을 물들이고 우물쭈물하는 토우카를 보고 내 가슴이 크게 고동쳤다.

철야를 한 탓에 다소 하이한 상태일지도 모르겠다.

"괜찮아. 사양 말고 말해보렴."

"예⋯⋯."

상냥하게 웃으며 재촉하자 토우카는 한 번 크게 심호흡을 했다.

그리고 뜻을 정한 듯 입을 열었다.

"서, 선생님만 괜찮으시다면⋯⋯."

그것은 내 예상을 아득히 뛰어넘는——충격적인 말이었다.

"——저랑 같이 도피해주세요!"

전날, 어느 서점에서.

멍하니 선반을 바라보고 있자니 근처로 남성 삼인조가 다가왔습니다.

대학생 정도인 그들은 즐겁게, 이런 대화를 나누고 있었습니다.

"이 라이트노벨, 재미있을까?"

"네가 사서 읽어봐."

"하지만 혹시 이 책을 가족이 발견한다면 어떻게 변명을 해야 될지 모르겠어."

훔쳐듣는 것은 좋지 않다는 생각에 저는 그들에게서 시선을 돌렸습니다.

잠시 후──결국 용기가 부족했던 것이겠죠──그들은 들고 있던 책을 다시 선반에 내려놓고 그 자리를 떠났습니다.

대체 어떤 라이트노벨이었을까……?

저는 별 생각없이, 그들이 손에 들었던 책으로 시선을 향했습니다. 이런 제목이었습니다.

『오늘부터 나는 로리네 밥벌레!』

안녕하십니까, 작가인 아카츠키 유키입니다.

여러모로 허들이 높은 라이트노벨, 이렇게 2권을 보내드릴 수 있었습니다!

　구입해주신 신사숙녀 여러분, 정말로 감사합니다!

　설령 세간의 시선이 싸늘할지라도 여러분이 계시는 한 저는 결코 지지 않습니다.

　3권도 전력으로 쓰겠사오니 부디 잘 부탁드립니다.

　그리고! 그런 여러분 덕분에 세상에나, 본서가 드라마CD로 나옵니다!

　자세한 내용은 MF문고J의 공지를 참조해주시길 바랍니다.

　『이세계와 나, 어느 쪽이 좋아?(2권)』의 후기에서『2권과 같은 시기에 발매 예정』같은 내용을 적었습니다만, 그건 제 착각이었습니다……. 정말 죄송합니다.

　마지막으로 감사드립니다.

　아카자와 RED 선생님. 멋진 일러스트 및 띠지 코멘트, 정말 감사합니다! 정말 영광이고, 정말 든든하고, 정말정말 기뻤습니다!

　헨리더 선생님. 이번에도 최고의 일러스트, 감사합니다! 역시 대단하세요!

　담당 분을 시작으로 본서에 관여해주신 모든 분께도 더없는 감사를.

　그리고 물론 이것을 읽어주시는 당신께도.

거듭거듭 감사드립니다! 또 만날 수 있기를 진심으로 바라겠습니다!

안녕하십니까, 본 작품의 역자입니다.

단순한 정식출판 발표만으로도 다양한 반응이 나왔던 본 작품, 2권을 여러분께 선보여드립니다. 다만 2권의 번역은 아직 1권이 발매되기 전에 진행되는 일정이었기에, 실제로 정식출판 이후의 반응은 어떠할지 아직 미지수입니다. 물론 이걸 여러분께서 보고 계실 때는 당연히 1권은 나온 이후겠지요. 안 그러면 애초에 2권이 나올 수가 없으니.

이번 여름은 날씨가 좀 오락가락하네요. 엄청나게 더운가 싶더니 갑자기 또 기온이 내려가고, 태풍은 없는데도 비는 연신 내리기도 하고. 계절감이 희미해진다고 할까, 흐트러진다고 할까, 그런 느낌이라 묘합니다.

기본적으로 캬바쿠라는 여성이 남성을 접대하는 술집이라고 보시면 되지만, 그렇다고 해서 퇴폐적인 업소는 또 아닙니다. 그런 부류(?)의 서비스는 일절 금지되어 있고 어디까지나 대화와 음주, 그리고 가끔은 노래 정도를 즐기는 업소인 모양입니다. 저도 당연히 가본 적은 없으니 어디까지나 미디어 등을 보고 판단한 것뿐이지만요. 주인공 텐도 하루도 물론 그런 지식으로 진행한 거겠죠. 가령 『D모 클럽』
이라는 제목의 게임이라든지 말입니다.

　그럼 다음 권에서 다시 뵐 수 있기를 기도하며 이만 마치
겠습니다.

KYO KARA ORE WA LOLI NO HIMO! 2
ⓒYuki Akatsuki 2016
First published in Japan in 2016 by KADOKAWA CORPORATION, Tokyo.
Korean translation rights arranged with KADOKAWA CORPORATION, Tokyo.

오늘부터 나는 로리네 밥벌레! 2

2017년 9월 24일 1판 1쇄 인쇄
2017년 10월 1일 1판 1쇄 발행

저　　　자 아카츠키 유키
일 러 스 트 헨리더
옮 긴 이 손종근
발 행 인 유재옥
본 부 장 조병권
담당편집자 정영길
편　　　집 권오범 김다솜 김민지 이슬아 박찬솔 정영길, 조찬희
라이츠담당 오유진
디 지 털 홍승범
발 행 처 ㈜소미미디어
등　　　록 제2015-000008호
주　　　소 서울시 마포구 토정로222, 403호 (신수동, 한국출판콘텐츠센터)
판　　　매 ㈜소미미디어
마 케 팅 박지혜
전　　　화 편집부 (070)4164-3962, 3963 기획실 (02)567-3388
　　　　　　 판매 및 마케팅 (070)4165-6888, Fax (02)322-7665

ISBN 979-11-6190-017-9 04830
ISBN 979-11-5710-954-8 (세트)

소미미디어 S 노벨 시리즈

마을사람입니다만, 문제라도?
2

시라이시 아라타   지음
시라소 파미   일러스트
이서연   옮김

웹에도 연재하지 않은 완전 새로운 이야기!!!
2권도 기분 좋을 만큼 강하다!!!

◆초판한정◆
브로마이드
증정

"이건 틀림없어……
오랜만에 진짜가 나타났네."

사룡 아만다를 압도적인 힘으로 쓰러트린 류토. 그런 류토나 용사 코델리아와 실력 차이를 실감하고 상심한 릴리스. 그녀는 류토와 함께 있기 위해 강해지겠다는 결의를 품고 항구 마을 타레스를 찾아간다. 그 무렵 코델리아는 [신탁의 성검] 시련을 받기 위해 같은 마을에 머물고 있었다. 두 사람은 각각의 목적을 위해 [아지랑이 탑]으로 향한다——

길드의 치트 접수원
2

나츠니 코타츠 **지음**
미야 카즈토모 **일러스트**
신동민 **옮김**

남자였던 접수원의
약혼자가 나타났다?!

◆초판한정◆
책갈피
증정

"저 애, 어느새 승자 쪽에
한쪽 발을 들이밀었다고요!"

전생해 재색을 겸비한 엘프로 환생한 아키노 토모아키. 토모아키는 접수원인 일리아로서 길드 연합 뤼네빌 지부에서 오늘도 분주하게 일하고 있었다. 빙룡 토벌 후, 익숙하지 않은 눈에 스트레스가 쌓여가는 뤼네빌 주민. 그때 일리아는 남은 눈을 사용하는 눈 축제를 개최할 것을 제안한다. 졸지에 활기를 띠는 거리. 그러나 새로 부임한 길드 부지부장은 아무래도 그것이 탐탁지 않다. 그 뒤에도 거듭해서 충돌하는 직원과 부지부장. 그런 가운데 길드 지부에 일리아의 약혼자를 자칭하는 남자가 나타나는데──. 〈소설가가 되자〉에서 큰 인기를 끈, 치트 접수원이 그려내는 이세계 판타지, 대망의 제2탄.

Natsunikotatsu 2015 / Futabasha Publisher Ltd.
Illustration Miya Kazutomo

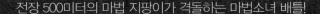
격돌의 헥센나하트
2

카와카미 미노루	지음
사토야스(TENKY)	일러스트
천선필	옮김
츠루기 마스유키	협력

〈경계선상의 호라이즌〉의 작가
'카와카미 미노루'의 신 시리즈 제2권!

◆초판한정◆
양면커버
증정

"너는 틀리지 않았다, 메리."

이곳은 [검은 마녀]에게 지배당하고 있는 지구. 마녀 육성기관, 시호인 학원에 다니던 동일본 대표인 호리노우치 미츠루는 이세계에서 왔다는 소녀 카가미 카가미와 만나 함께 [검은 마녀]에게 도전할 권리를 놓고 벌이는 랭커전에 뛰어든다.

강적 헌터와의 싸움을 마친 두 사람의 앞을 막아선 것은 술식과의 에이스, 메리 수. '사신'이라는 별명이 있는 그 소녀는 카가미에게 거센 분노를 쏟아내는데, 그 이유는——?!

전장 500미터의 마법 지팡이가 격돌하는 마법소녀 배틀! '월간 코믹 전격대왕'에서 연재 중인 만화를 원작자가 직접 집필한 오리진 노벨 제2권!

어서 오세요 실력지상주의 교실에 6

키누가사 쇼고   지음
토모세 슌사쿠   일러스트
조민정   옮김

특별시험 기말고사와 함께 다시 찾아온 퇴학 위기!!

◆초판한정◆
책갈피
쇼트스토리 리플릿
어나더커버
증정

"아야노코지도 말할 줄 아는구나?"

체육대회도 끝나고 공기가 점점 싸늘하게 느껴지기 시작한 10월 중순. 학생회 신구 교대식이 열려, 학생회장 자리는 호리키타 마나부에게서 2학년 나구모 미야비에게로 넘어가게 되었다. 새로운 시대의 도래가 느껴지는 가운데, 아야노코지는 같은 반 사토 마야가 불러서 한적한 연결 복도로 따라 나간다.

"아야노코지, 너 누구 사귀는 사람 있어? 저기, 전화번호 교환하자."

거의 고백이나 다름없는 사토의 말. 체육대회에서 활약한 결과 아야노코지에 대한 주목도가 엄청나게 상승해서, 주위에 큰 변화가 일어난 것이다. 그리고 마침내 다가온 특별시험 기말고사. 예년 퇴학생을 내는 팀 제도와 페이퍼 셔플이라는 복잡한 시험에서 D반은 어떻게 활로를 찾아낼 것인가.